ぐ～たら第三王子、牧場でスローライフ始めるってよ

Gu~tara Daisanoji, Bokujo de Slowlife Hajimerutteyo

著 雑木林《Zoukibayashi》

ill. ごろー＊

登場人物紹介
アルス
草臥れた
サラリーマンから
転生した、イデア王国の
第三王子。
天職は【牧場主】。
ルゥ
食いしん坊な
狼獣人の少女。
モモコを追って
牧場に現れる。
モモコ
元気な
牛獣人の少女。
アルスの牧場に
転がり込む。
コケッコー
アルスの
牧場の家畜。
地球の鶏と
よく似ている。

ピーナ
無邪気な
鳥獣人の子ども。
牧場に迷い込む。
???
アルスたちが
出会う謎の少女。
その正体は……
ルビー
辺境伯の娘。
天職は【戦乙女】。
ゼニス
森人の大商人。
似非関西弁を使う。

プロローグ

現代日本で草臥《くたび》れたサラリーマンをやっていた俺は、ある日突然、目の前が真っ暗になったかと思うと、呆気《あっけ》なくその生涯《しょうがい》を閉じてしまった。

そして、何の脈絡《みゃくらく》もなく始まった第二の人生。そこは剣と魔法のファンタジー世界で、俺は『イデア王国』と呼ばれる君主制国家の第三王子——アルス・ラーゼイン・イデアとして生を受けた。

前世はきっと過労死だったから、今世では徹頭徹尾《てっとうてつび》、のんびりと生きていくぞ！　と、生まれて早々にそう決意したものの、のんびりと生きるのにも力が必要だ。そう思った俺は、首が据《す》わるよりも前から魔法の初歩である下級魔法を使い続けて魔力を鍛《きた》え始めた。

その結果、十三歳にして宮廷筆頭魔導士《きゅうていひっとうまどうし》を超えるほどの魔力を持つに至り、周囲の者たちから大いに期待されるようになった。身分も才能も文句なしで、俺は皆《みな》にチヤホヤして貰《もら》えて有頂天《うちょうてん》——だったのだが、話はそこで終わらない。

この世界には、ときとして身分や才能よりも重要な、個々人の価値を決定付ける要素がある。

それは『天職《てんしょく》』と言って、なんでも人々の適性職業を神様が授《さず》けてくれるらしい。この天職が人にもたらす恩恵は絶大なもので、万人《ばんにん》は余程《よほど》のことがない限り、授かった天職に沿《そ》った生き方を選ぶのだ。

魔法使い系統の天職を授かることが出来なければ、人は例外なく下級魔法しか使えないので、膨《ぼう》大《だい》な魔力を持つ俺であっても、天職が定まっていない現時点では、真珠《しんじゅ》を持った豚《ぶた》か、あるいは小《こ》判《ばん》を持った猫《ねこ》くらいの存在でしかない。

——では、天職を授かる人生で最も重大な日はいつなのかと言うと、十四歳という年齢に達した日。俺にとっては、まさに今日のことだった。

「アルス殿下《でんか》、こちらにお越しください」

「はい、よろしくお願いします。神父《しんぷ》」

王国中の諸侯《しょこう》が集められた玉座《ぎょくざ》の間《ま》にて、壮年《そうねん》の神父が厳《おごそ》かな表情で俺を招《まね》く。その立ち位置は玉座の間の中央で、俺は諸侯たちの視線を一身に集めることになった。

玉座に座っている父親の天職は【軍神《ぐんしん》】で、第一王子は【剣聖《けんせい》】、第二王子は【賢者《けんじゃ》】を授かっており、『王族＝素晴らしい天職』という方程式が存在していると、誰もが信じ切った目をしている。

……俺も勿論《もちろん》、その方程式を信じていた。何と言っても俺は、エリートな王族の血筋というだけではなく、前世の記憶を持つ転生者という特異性《とくいせい》に、宮廷筆頭魔導士を超える膨大な魔力まで持っているんだ。

これで天職だけ外れを引くなんて、誰も夢にも思わないだろう。

俺はむしろ、勇者《ゆうしゃ》とか英雄《えいゆう》とか、凄過《すご》ぎる天職を授かって何らかの義務が発生したら嫌《いや》だなと、そんなことを考えていた。

そして――俺の頭に手を翳《かざ》した神父が、困惑《こんわく》した表情を浮かべながら、おずおずと俺の天職を発表する。

「えぇ……っと、その、あ、アルス殿下の……天職は……【牧場主《ぼくじょうぬし》】、です……」

ピシリ、と玉座の間全体に、亀裂《きれつ》が走る音がした。間違いなく幻聴《げんちょう》だが、この場に居合わせた全員の耳朶《じだ》を打つ幻聴だ。

俺の父親である国王が、徐《おもむろ》に玉座から立ち上がる。その瞬間、喉《のど》が干上《ひあ》がり、身体は震え、耳を塞《ふさ》いで蹲《うずくま》ってしまいたくなるほどの、およそ人とは思えない存在感が、彼の全身から噴出《ふんしゅつ》した。

「牧場主、だと……?」

「ひっ、ひぃぃぃっ！　は、はひぃぃぃ……っ」

地獄《じごく》の底から聞こえてきたのかと疑うような、国王の問い掛け。これに神父は腰を抜かして、壊《こわ》れた玩具《おもちゃ》のように首をガクガクと縦に振る。

苛立《いらだ》った表情の国王が、神父を一瞥《いちべつ》した後に、じろりと俺を見定めた。とても冷酷《れいこく》な目だが、そんな目で見てしまうのも無理はないと、俺は頬《ほお》を引《ひ》き攣《つ》らせながら心の中で理解を示す。

軍神、剣聖、賢者と伝説級《でんせつきゅう》の天職が揃っている王族の中に、いきなりポンと牧場主が現れたのだ。

しかも、自分で言うのもなんだが、大いに期待されていた第三王子が、よりにもよって牧場主である。

……いや、牧場主だって素晴らしいとは思うよ？　畜産業《ちくさんぎょう》は食文化の維持《いじ》と発展《はってん》に欠かせない重要な要素だもの。

この世界、衣食住の中で食文化だけは然程《さほど》発展していないので、その発展に寄与《きよ》出来る牧場主は、きっと素晴らしい天職だ。

しかし、今このとき、この場では、そんな理屈《りくつ》は誰にも通用しそうにない。玉座の間に満ちている『ああ、終わったな……』という雰囲気《ふんいき》が、それを如実《にょじつ》に物語っている。

と、ここで、黙《だま》り込《こ》んだ国王の代わりに、宰相《さいしょう》が神父に話し掛けた。

「神父殿、私は【牧畜家】という天職なら聞いたことがありますが……牧場主とは、牧畜家《ぼくちくか》とは違う天職なのですか？」

「わ、分かりません……。私も何分《なにぶん》、初めて見た天職ですので……ただ、恐らくは牧畜家の、上位互換のような天職かと……」

神父は俺のことをフォローしてくれたが、それは何の救いにもならないと、宰相は深い溜息《ためいき》を吐《つ》いて頭《かぶり》を振った。

宰相と神父の話を黙って聞いていた国王は、冷酷かつ鋭《するど》い眼光を俺に向けながら、詰問《きつもん》するように口を開く。

「――アルス。つまり貴様は、国を牧場、民を家畜《かちく》だとでも、思っているということか？」

「ええっ⁉　ちっ、違います！　そんなこと欠片《かけら》も思っていません‼」

何でそんな話になるんだよ⁉　天職は俺が決めた訳じゃないんだからっ、俺の思想とは全《まった》くの無関係なのに‼

余りにもぶっ飛んだ疑いを掛けてきた父親に、俺はブンブンと首を横に振って、全身全霊《ぜんしんぜんれい》で否定した。

すると、父親は興味を失ったかのように鼻を鳴らし、怒気を引っ込めて玉座に座り直す。

「フン、つまらん奴だ。ここで『そうだ』と胸を張って言えば、貴様を次の王にしていたぞ」

どうやら俺の父親は、やべぇ奴だったらしい。

宰相も国王の一言には肝《きも》を冷やしたのか、額《ひたい》に汗を浮かべて頬を引き攣らせた。だが、すぐに気を取り直して国王に問う。

「陛下《へいか》、アルス様の処遇はどうなさいますか？」

「無論《むろん》、追放だ。辺境《へんきょう》の片隅《かたすみ》に領地《りょうち》をくれてやるから、そこでひっそりと暮らせ」

目は口ほどにものを言う。国王の冷たい眼差《まなざ》しは、『殺されないだけ温情《おんじょう》だと思え』と言外《げんがい》に告げていた。

こうして、誰もが羨《うらや》む勝ち組人生からドロップアウトすることになった俺は、兵士に引《ひ》き摺《ず》られて辺境まで連行された。

十四歳にして、家も権力も後《うし》ろ盾《だて》も失い、領民０人の土地で一から生活を始めなければならない。

これはどう考えても、お先真っ暗で――あれ？　でもこれ、上手くやれば念願のスローライフを始められるってこと？

１話　スローライフの始まり

辺境の片隅に追放された第三王子の俺ことアルスは、快晴の青空の下、乾《かわ》いた大地の上で途方《とほう》に暮れていた。

今世の俺は、蜂蜜色《はちみついろ》の柔《やわ》らかい髪《かみ》と琥珀色《こはくいろ》の瞳《ひとみ》を持つ、自分で言うのもなんだが、甘い顔立ちをした絶世《ぜっせい》の美少年だ。そんな俺が、こうして困っている姿を晒《さら》していれば、本来だと周囲の女性たちが挙《こぞ》って力になろうとしてくれるのだが……。如何《いかん》せんここには、俺以外に誰もいない。

この土地は悪い意味で凄い。何が凄いって、荒野《こうや》が広がっているだけの不毛《ふもう》の大地だ。草木も水もないので、そりゃ領民０人も当然だなと納得出来てしまう。常識的に考えて、人が生きていける土地ではないのだ。

今後、領民が増えるような見通しは立っていないが、一応この土地を『アルス領』と名付けておく。近隣《きんりん》には広大かつ緑豊かな大草原もあるが、そちらは危険な魔物《まもの》が数多く棲息している上に、遊牧民《ゆうぼくみん》である蛮族《ばんぞく》――もとい、獣人族《じゅうじんぞく》の縄張《なわば》りなので、危険極まりない。

アルス領は獣人族が暮らす大草原と、王国北部の辺境伯領《へんきょうはくりょう》の間に位置しているが、追放された第三王子には権力なんてないので、何かあっても辺境伯の力を借りることは出来ないだろう。

「――さて、いつまでも途方に暮れている訳には、いかないよな」

俺は独立独歩《どくりつどっぽ》の意思を固めて、まずは出来ることを一つずつ確かめていく。

下級魔法は別名、『生活魔法』とも言われており、飲み水の確保くらいなら苦《く》もなく行《おこな》えるので、水不足になる心配はない。

他にも料理に使える程度の火を熾《おこ》したり、自分の身体能力を軽く底上げしたり、身体や衣服を清潔な状態にしたりと、地味だが便利な魔法が多々ある。

食料に関しては俺の天職が牧場主なので、畜産業によって賄《まかな》いたいが……、肝心《かんじん》の家畜がいないという大きな問題があった。これは現在、俺が身に着けている衣服を売って、辺境伯領の街で調達したいところだ。

俺は着の身着のまま王城から追い出されたが、幸《さいわ》いにも中々に高価な衣服を着たままだった。これはクリーム色を基調《きちょう》とした品《ひん》のある生地《きじ》に、金糸《きんし》で精緻《せいち》な刺繍《ししゅう》が施《ほどこ》されている衣服で、この一張羅《いっちょうら》を売れば、牧場経営《けいえい》が軌道《きどう》に乗るまでの食料《しょくりょう》だって買うことが出来るはず……。

家畜の餌《えさ》に関しては、新たに使えるようになった天職由来の魔法によって、用意することが出来る。

それは、牧草を生《は》やすという地味な魔法で、俺はこれを『牧場魔法』と呼ぶことにした。

——そう、牧場主とはまさかの、魔法使い系の天職だったのだ。

今のところ、牧草を生やすことしか出来ないが、天職由来の力は徐々《じょじょ》に成長して、出来ることも段階的に増えていくので、今後に期待しよう。

「こうして思い浮かべてみると、何だかんだで何とか生きていけそうだな」

試しに軽く牧草を生やしてみたところ、シバのような短い草が瞬《またた》く間に、俺を中心に半径《はんけい》五メートルほどの距離にまで広がった。

魔力に余裕があるので、この分なら不毛の大地を緑で覆《おお》い尽《つ》くすことも簡単に出来そうだが……まあ、そうすると獣人に侵略《しんりゃく》されそうなので、自重《じちょう》した方が良いだろう。

ただ、有り余る魔力をどうにかして活用したいので、牧草の質には拘《こだわ》ることにした。詳しくは分からないが、牧草に込める魔力を増やしてみると、高品質になった気がする。

――この後、俺は日が暮れる前に最寄《もよ》りの街までひとっ走りして、身に着けていた高価な衣服を売り払った。

結構買い叩かれたとは思うが、これで簡素《かんそ》な衣服、雑貨《ざっか》、当面の食料、それから初めての家畜を購入《こうにゅう》する資金にはなったので、良しとする。

俺が最初に購入した家畜は、白い羽毛《うもう》と赤いトサカを持つ『コケッコー』という動物だ。……まあ、どう見ても鶏《にわとり》なのだが、この世界ではコケッコーと言うらしい。丸みを帯《お》びていてデブっちょなので、それなりに可食部は多そうだ。

「鶏肉《とりにく》は好きだし、卵も食べられそうだし、これはいい買い物だったな」

首に紐《ひも》を括《くく》り付《つ》けて、俺の牧場に連れてきたコケッコーたちは、雌雄《しゆう》共に三羽ずつで計六羽。その内の五羽は到着《とうちゃく》して早々に、牧草を勢い良く突《つつ》いて食べ始めたが、一羽だけ食欲がなくて元気もない。

まさか病気かと心配になって、身体を撫《な》でたり、水を与《あた》えたり、牧草を口元まで運んでやったりしていると――――突如《とつじょ》として、俺の頭の中に天啓《てんけい》の如《ごと》く、第二の牧場魔法の使い方が降ってきた。

それは、家畜の怪我《けが》や病気を治す魔法で、早速だが試しに使ってみると、元気がなかったコケッコーが白い光に包まれて、次の瞬間には元気良く牧草を食べ始めた。

「おおー……‼　牧場魔法、結構凄いな……。家畜限定だけど、回復魔法まで使えるのか」

この後、俺は日が暮れる前に街で買ってきた粗末《そまつ》なテントを張って、コケッコーの首に括り付けている紐を木の杭《くい》に結び、逃げられないようにしてから眠りに就《つ》いた。

今の季節は秋なので、夜の気温はそれなりに低く、現状の心細さと相まって、身も心も冷たくなってしまう。そのせいか、小さなアパートの一室で、一人寂《さび》しく暮らしていた前世の自分の夢を見た。


——翌朝。コケッコーの元気な鳴き声と共に起床《きしょう》した俺は、アルス領に不法侵入《ふほうしんにゅう》している不埒者《ふらちもの》をテントの外で発見した。

柵《さく》すらないこの場所にも問題はあるのだが、だからといって不法侵入者を見逃す訳にもいかない。

そいつは見たところ牛獣人の少女で、頭には短い角と牛耳《うしみみ》が生えており、胸と腰の周りには牛の毛皮で作られたような、白黒模様《しろくろもよう》の簡素な布を巻き付けている。

これが蛮族《ばんぞく》と言われている獣人族の普段着なのか、それともこいつがただの露出狂《ろしゅつきょう》なのか、その点は定《さだ》かではない。

少女の髪は桃色《ももいろ》で、腰の辺《あた》りまで伸びており、緩《ゆる》やかなウェーブが掛かっている。顔の小ささに反して胸は巨大で、肌《はだ》は綺麗《きれい》な乳白色。年齢は今の俺と同じくらいだろう。

ちなみに、この牛娘は俺のコケッコーを無理やり枕《まくら》にして、涎《よだれ》を垂《た》らしながら絶賛熟睡中《ぜっさんじゅくすいちゅう》だった。

「むにゃむにゃ……。もぉ食べられないわよぉ……」

そんな寝言《ねごと》を呟《つぶや》く牛娘の口元には、俺が生やした牧草がくっ付いているので、もしかしたら勝手に食べたのかもしれない。……余罪《よざい》が増えたな。

他人に辛《つら》く当たるのは大変心苦しいが、相手は不法侵入者だ。俺は心を鬼《おに》にして、牛娘のお尻《しり》を軽く蹴飛ばした。

「ひゃあっ⁉　だ、誰よッ⁉　何であたしっ、お尻を蹴られたの⁉」

飛び起きて早々に、キッと目つきを鋭くして辺りを見回す牛娘。彼女の深い海を思わせる藍色《あいいろ》の瞳が、すぐに俺の姿を捉《とら》えた。俺は機先《きせん》を制《せい》して口を開く。

「おはよう、不法侵入者め。ここがイデア王国の第三王子、アルス・ラーゼイン・イデアであるこの俺の領地だと知っての狼藉《ろうぜき》か？」

我が城は粗末なテント。我が民は六羽のコケッコー。我が領土は不毛の大地と猫の額ほどの牧草地。

誰からの後ろ盾もなく、全ての権力を失い、着ている衣服だって何の変哲《へんてつ》もない麻布《あさぬの》の服に成り下がったが——俺は、正真正銘《しょうしんしょうめい》の第三王子だ!!

そんな気概《きがい》と共に堂々と胸を張って、グッと目力を込めると、牛娘はあわあわと右往左往《うおうさおう》してか

ら平伏《へいふく》した。

何だかんだで俺の顔は王子様然としているので、堂々としていれば信憑性《しんぴょうせい》は抜群《ばつぐん》なのだ。それに、十四年も王子として育てられたのだから、王族たる風格《ふうかく》のようなものが滲《にじ》み出ているはず……。

「お、王子ぃ!? ご、ごめんなさい……！ そんなまさかっ、王子様の土地だったなんて知らなくて……！ あたしっ、もう行くところがなくって、それで……それで……うぅっ」

「……なるほど。つまり、俺の領地の民になりたいってことか？」

「た、民……？ え、えっ？ そう、なのかしら……？」

「よし、採用。俺のことはアルスと呼べ。お前の名前は？」

俺がスローライフを送る上で欠かせないのは、やはり純粋《じゅんすい》な労働力だ。怠《なま》け者《もの》のキリギリスが生きていくには、働《はたら》き者《もの》の蟻《あり》が必要になる。

――まあ、それに、一人ぼっちは寂しいからな。

「あ、あたしはモモコよ……です。えっと、不束者《ふつつかもの》ですが、よろしくお願いします……？」

「別に畏《かしこ》まらなくてもいいぞ。俺が王子なのは本当だけど、追放されたから肩書だけの王子なんだ。とりあえずモモコは、コケッコーの卵を探してくれ」

早速だが、俺はモモコに命じて、牧草の上にコケッコーの卵が落ちていないか探して貰うことにした。

その間に俺は朝食の準備を行う。下級魔法で火を点《つ》けて、鍋《なべ》に入れた水を沸騰《ふっとう》させ、そこに干し肉と乾燥《かんそう》野菜、それから塩を入れるだけ。余りにも簡素なスープだが、昨日は何も食べていなかったので、こんなものでも食欲が刺激《しげき》される。

「アルス様――じゃなくて、えっと、アルスっ！　卵があったわよ！」

「マジか!?　よしよしっ、ちゃんと卵を産《う》んでくれるんだな……!!」

モモコが拾ってきた卵の数は二個。有精卵か無精卵か分からないが、雌《めす》のコケッコーが温めずに放置していたということは、きっと無精卵なのだろう。

俺はその卵を使い手早く目玉焼きも作って、二人分の朝食の用意を終えた。

「あ、あたしも食べていいの……？」

「ああ、構わない。それを食べながらでいいから、どうして行き場を失ったのか教えてくれ」

豪華《ごうか》とは言えない食事に舌鼓《したつづみ》を打ちながら、俺はモモコの事情をじっくりと聞くことにした。

「その、あたしたち牛獣人は、狼《おおかみ》獣人に家畜として飼《か》われているの……。でも、お乳《ちち》の出《で》が悪いと、人間に奴隷《どれい》として売られてしまうのよ……。それで、あたしも……」

モモコもお乳の出が悪い牛獣人の一人であり、奴隷になるのが嫌で逃げてきたのだと言う。

……あれ？　それならモモコを匿《かくま》っていると、狼獣人とかいう怖そうな追手《おって》が現れるのでは？

2話　初めての実食

——モモコという労働力を手に入れた日の翌日。

なんと、俺の牧場に一羽のヒヨッコーの姿があった。こいつはコケッコーの子供で、要するにヒヨコなのだが、この世界ではヒヨッコーと呼ばれている。

昨日は一羽だけ、昼頃から動かずにジッとしている雌のコケッコーがいた。どうやらその個体が有精卵を温めていたらしい。

俺が知る鶏の卵なら一日で孵《かえ》ったりはしないが、ファンタジー世界で生きるコケッコーの卵は完全に別物なのだろう。これは間違いなく、嬉しい誤算《ごさん》だ。

快晴の青空の下、元気にピヨピヨと鳴いている姿はとても愛らしく、いつかこいつを食べる日が来るのかと思うと、何だか無性《むしょう》にしんみりとしてしまう。

「ヒヨッコー、とっても可愛いわね……。ねぇ、アルス。この子の名前はどうするの？」

「いや、名前は付けないぞ。食べるときに辛くなるだろ」

俺が毅然《きぜん》とした態度でそう伝えると、モモコはしょんぼりして肩を落とした。

これぱっかりは仕方がない。人は動植物の命を頂戴《ちょうだい》しなければ、生きることが出来ない生物なのだ。

俺が牧場主として生きていく以上、決して避《さ》けては通れない道なので、ヒヨッコーが生まれたこの機会に、コケッコーを一羽だけ食べようと思う。

まずは解体からだが……ここで一つ、困ったことに気が付いた。俺には解体の経験が全くないのだ。しかも、それらしい道具も持っていない。

これは参ったと頭を抱《かか》えた矢先、俺の頭の中に天啓の如く、第三の牧場魔法の使い方が降ってきた。

それは、家畜を綺麗に解体する魔法で、俺は一番太っている雄《おす》のコケッコーを選び、『いただきます』と声を掛けてから、一思いにその魔法を使ってみる。

すると、もも肉、むね肉、ササミ、手羽《てば》、骨、血、内臓《ないぞう》、羽毛、ハート形の結晶《けっしょう》と、一瞬でコケッコーが解体された。

しかも何故だか、肉類は白い紙に包まれており、血は透明《とうめい》な瓶《びん》に、羽毛は布の袋《ふくろ》に入った状態だ。内臓はその場にごちゃっと落ちているので、土に埋《う》めて肥《こ》やしにしておく。

「ちょっ、ちょっと!?　アルスっ、あんた何したの!?」

「うーん……。新しい魔法を使ったんだけど……本当に不思議な魔法だな、これ」

紙、瓶、布は一体何処《どこ》から現れたのか、大いに疑問が残る。まあ、便利であるに越したことはないので、こういうものだと素直に受け入れよう。

もう一つ気になるのは、解体したものの中に交ざっているハート形の結晶だ。色はピンクで透明感があり、大きさは手のひらに収まる程度。まるで宝石のような代物《しろもの》だが、使い道が分からない……。

こういうときは考え込んでも仕方がないので、ハート型の結晶は一先《ひとま》ず放置しておこう。冷蔵庫なんて便利な代物はないので、今は肉を早めに調理しなければならないのだ。

コケッコーを解体したことに対する贖罪《しょくざい》という訳ではないが、コケッコーの肉は可能な限り美味《おい》しくいただきたい。調味料は塩しかないので、大した料理は作れないが、鮮度は良いので素材の味で勝負しよう。

俺は肉を焦《こ》がさないように、弱火でじっくりと火を通し、塩を軽くまぶしていく。

「――よし、焼き加減《かげん》は完璧《かんぺき》だ。……そういえば、モモコは肉を食べられるのか？　それとも草食だったりする？」

昨日は干し肉入りのスープを平気で食べていたので、牛獣人は雑食だと思われるが、牛は基本的に草食というイメージが強い。

「あたしは雑食よ。でも、お肉は昨日食べた干し肉が初めてだわ。お肉は昔から、狼獣人が独占しているもの」

狼獣人なんて、名前からして肉食だろうし、草を食べて生きていける牛獣人に、わざわざ肉を分け与える余裕はないのだと察する。

折角《せっかく》なので、俺はモモコにも肉の美味しさを知って欲しいのだが、焼いて塩を振り掛けただけの肉で満足して貰えるか分からない。唐揚《からあ》げでも用意出来れば、間違いなく肉の虜《とりこ》になるはずだが……無いものねだりをしても仕方がないな。

少なくとも、昨日の干し肉よりは遥《はる》かにマシだと思う。とりあえず、モモコに食べて貰うのはもも肉にしよう。鶏肉の中では、この部位が最も万人受けするのではないだろうか。

俺は程良い焼き加減のもも肉を木皿に載せて、『よく味わってくれよ』と一声掛けてからモモコに手渡した。

肉汁《にくじゅう》が滴《したた》って、食欲をそそる香《こう》ばしい匂《にお》いがする焼き肉を前に、モモコはごくりと生唾《なまつば》を呑み込んで、恐る恐るといった様子で――まずは一口。

「――ッ!?　お、美味しいっ!?　う、嘘《うそ》でしょ……狼獣人の奴ら、こんなに美味しいものを毎日食べていたの……!?」

美味しいものを狼獣人に独占されていた怒りと、美味しいものを食べることが出来た悦《よろこ》び。そんな二つの感情が入り混じり、モモコは感極《かんきわ》まって涙《なみだ》を零《こぼ》し始めた。

俺は思わず、モモコを胡散臭《うさんくさ》く感じてしまう。

……いやだって、こんな簡単な調理方法で作った焼き肉だぞ？　確かに肉は美味しいものだが、流石《さすが》にリアクションが大袈裟《おおげさ》過ぎるだろ。

まあ、四の五《しのご》の言わずに、俺も試しに一つ食べてみよう。

「いただきます。――ッ⁉　な、何だこれ……っ⁉　何で、こんなに美味いんだ⁉」

じゅわりと溢《あふ》れる肉汁には、これでもかと旨味《うまみ》が凝縮《ぎょうしゅく》されており、それが舌に絡《から》みついて『これが美味だッ‼』と無理やり俺の脳内に叩き込んでくる。

塩の味が丁度《ちょうど》良いアクセントになって、肉汁の旨味を最大限に引き立てて――これはまるで、舞踏会《ぶとうかい》を盛り上げる優美《ゆうび》かつテンポの速い伴奏《ばんそう》と、激しいダンスを踊《おど》る主役のような関係性だ。

仮《かり》にも一端《いっぱし》の王族である俺は、王城で出される一級品の料理を食べてきたので、それなりに舌が肥《こ》えている。まあ、あくまでも、それらはこの世界基準での一級品で、様々な調味料が使われていた前世の料理と比べると、味はかなり劣《おと》るのだが……それでも、塩を振り掛けただけの焼き肉よりは、ずっと美味しいはずだった。

しかし、今食べているコケッコーの焼き肉は、この世界で食べたどんな料理よりも美味しい。

一口、また一口と、一心不乱《いっしんふらん》に食べ進めていると、『どうして？』という疑問がどうでもよくなり、掻《か》き消《き》えていく。

――美味しい。たったそれだけの情報が舌先から脳内に送り込まれ、それが全身の細胞《さいぼう》に行き渡って、俺とモモコは歓喜《かんき》に包まれた。

新たな命が生まれた今日の日に、俺たちは別の命をいただいた。俺たちが生きている限り、それは延々《えんえん》と続いていく。

誰かに『それは罪深いことだ』と指摘《してき》されても、俺たちはもう引き返せない。何故なら、どうしようもなく、美味しいのだから。

――こうして、初めての実食を終えた日の夕方。

むね肉もササミも手羽も食べ尽くして、俺とモモコは遠い目で夕陽を眺《なが》めていた。

「お肉……。とっても美味しかったわ……」

しみじみとそう呟いたモモコに、俺は深々と頷《うなず》いてみせる。

モモコは未《いま》だに、可愛いコケッコーを食べるという行為を割り切れていないようだが、それは時間が解決してくれるだろう。

俺の前世では、胡椒《こしょう》が同じ重さの金や銀と交換されるような時代があった。それを考えると、人は美食から逃れることが出来ないのだと思う。

ヒヨッコーの成長速度が分からないので、次にコケッコーを食べられる日がいつになるのかは分からないが、牧場主の俺に出来ることは、家畜を大切に育てることだけだ。

どうしてコケッコーがあんなに美味しくなったのか、改めてその点を色々と考察してみる。……やはり、牧場魔法で生やした牧草が大きな要因か？

それと、俺たちが食べた雄のコケッコーは、一番初めに元気がなくて家畜ヒールを掛けた個体だった。もしかしたら、家畜ヒールは精神状態にも良い影響を及《およ》ぼして、ストレスフリーになったコケッコーは肉質が良くなるのかもしれない。

魔力は使い切れないくらい余っているので、今後は定期的に、家畜ヒールを全個体に掛けていこう。

俺がそんなことを考えていると、突然――モモコに続く新たな侵入者が、アルス領に現れた。

「……モモコ、見つけた」

「あああっ！　ルゥ!?　嘘でしょ……っ、あんた、あたしを連れ戻しに来たの!?　い、嫌よ！　あたし帰らないからっ！　奴隷として売られるなんて、絶対に嫌っ!!」

モモコが『ルゥ』と呼んだのは、狼のフサフサな耳と尻尾《しっぽ》を持つ銀髪碧眼《ぎんぱつへきがん》の少女だった。

背中まで雑に伸びている銀髪は、全くと言って良いほど手入れがされていないようだが、磨《みが》けば光るであろう質感が髪の生え際《はえぎわ》から見て取れる。肌はモモコと同じように白く、着ている衣服は若草色《わかくさいろ》の簡素な民族衣装で、年齢は俺よりも二つか三つ下だろう。

この少女は背丈《せたけ》が低くて表情も乏《とぼ》しく、どこか眠たげな眼をしており、武器の類《たぐい》も持っていないので、どう見ても強そうではない。だが――――俺は、自然体の大型肉食獣を前にしているかのような、底知れぬ恐怖と緊張感に包まれていた。

こいつは強い。それも、王城で俺に剣術を教えてくれた騎士《きし》たちや、下級魔法を教えてくれた宮廷魔導士たちよりも、ずっとずっと、遥かに強いはずだと、俺の直感が悲鳴を上げながら教えてくれる。

「……モモコ、売らないと、冬を越せない。……ルゥ、とても困る」

ルゥは抑揚《よくよう》のない声で、酷《ひど》くのんびりと喋《しゃべ》っているが、次の瞬間には襲《おそ》い掛かってくるかもしれないと、俺は思わず身構えてしまう。

恐ろしい相手だ。目視しているだけで、喉が干上がってくる。話し掛けるのも怖いので、出来るだけ接点を持たないよう、穏便《おんびん》にお帰り願いたい。

――ただ、それでも、たった一つだけ、どうしてもツッコミを入れさせて欲しい。

「な、なあ、お前がさっきから喋り掛けている相手……モモコじゃなくて、うちのコケッコーなんだけど……？」

ルゥはモモコの飼い主らしいが、ここに来てからモモコを一瞥すらしていない。その代わりに、ルゥは俺が育てているコケッコーに、火傷《やけど》するのではないかと思えるほどの熱い眼差しを向け続けている。

「……これ、美味なやつ」

ぼそりと呟かれた言葉に、俺とモモコが揃って頬を引き攣らせた。

いやいやいや、駄目《だめ》だって！　今日は一羽食べたばっかりだし、数が減り過ぎると増やすのが大変になっちゃうから！

俺はそう叫びたいが、ルゥの要求を突《つ》っ撥《ぱ》ねる勇気が湧《わ》いてこない。……いや、ルゥはコケッコーに対する感想を述《の》べただけで、『食べさせろ』とは要求していないのだ。それなら、ここはだんまりを決め込んでも良いはず！

そうして俺が口を噤《つぐ》んでいると、モモコが決《けっ》死《し》の覚《かく》悟《ご》で、ルゥとコケッコーの間に割って入った。

「だ、駄目よルゥ！　そのコケッコーは、ここにいるアルスが大切に育てているの！　勝手に食べちゃ、絶対に駄目なんだからねっ！」

モモコの説得に、ルゥはこくりと小さく頷いて、それから眠たげな瞳の中にキラキラとした星を浮かべ、期待に満ちた眼差しを俺に向けてきた。

「……ルゥ、お腹減った」

いや、これもう食べさせろって要求じゃん。……くっ、仕方がない。相手には力尽《ちからず》くで奪うという選択肢もあるのだから、そうならない内にこちらから差し出して、恩《おん》を売っておこう。

「…………一羽だけ、一羽だけなら、食べさせてやる」

「……ありがと、優しい人。ルゥは、ルゥルゥ。……ルゥって、呼んで」

「う、うん？　ええっと、ルゥルゥが名前で、ルゥが愛称《あいしょう》か……。俺はアルスだ。まあ、適当に座って待っててくれ」

不本意ながら、俺は本日二羽目となる雄のコケッコーを解体して、再び簡単な調理を始める。

各部位の肉を焼いている間、ルゥは両膝《りょうひざ》を抱えて牧草の上に座り、滂沱《ぼうだ》の涎を垂らしながらジッと静かに待っていた。

モモコはこれ以上、コケッコーたちがルゥの視界に入らないよう、頑張って自分の背中に隠している。

奇妙《きみょう》な静寂《せいじゃく》と緊張感が場を支配している中、俺はようやく焼き終わった肉を木皿に載せて、そっとルゥに差し出した。

「――ッ!?　び、美味……!!　とても、とても、美味……っ!!」

ルゥは一口食べた後、それだけを呟いてから、黙々《もくもく》と食事を続ける。

余りの美味しさに感極まっているのか、ポロポロと涙を零しているルゥの姿を見ていると、二羽目を解体して良かったと思えてくるから、不思議なものだ。

あっという間に、丸々一羽分のコケッコーの肉を平《たい》らげたルゥは、不意に俺の傍に近寄ってくると、犬がするように仰向《あおむ》けになった。所謂《いわゆる》、服従《ふくじゅう》のポーズだ。

「……アルス。ルゥのこと、群《む》れに入れて欲しい」

群れ、という表現にしっくりこない俺が首を傾《かし》げると、モモコが急に拳《こぶし》を振り上げて、興奮気味に叫び出す。

「で、出たーーーっ!!　これは狼獣人の絶対服従の証《あかし》よ!!　アルスっ、ルゥは狼獣人の中で一番強い戦士だから、群れに入れて損《そん》はないわ!!　それとルゥがアルスの群れに加わったら、あたしもずっとここにいられるし！」

「群れってつまり、俺の領地の民になるって解釈《かいしゃく》でいいんだよな……？　よし、それなら採用だ。これからよろしく」

今のところ、俺の拠点《きょてん》である牧場は不毛の大地のド真ん中にあるので、外敵なんて早々やってこないとは思うが、戦力があるに越したことはない。

何となく犬っぽくなったルゥのお腹を俺が撫でると、ルゥは尻尾を振って喜びを露《あら》わにした。先程まではすこぶる恐ろしかったが、こうして見ると可愛い生物かもしれない。

3話　ラブ

――ルゥという新しい仲間が増えた日の夜。

俺たちは狭《せま》いテントの中で、川の字になって寝転がり、眠りに就くまでお喋りをしていた。真ん中で寝ているのが俺で、左右にモモコとルゥがいる。

「――それじゃあ、狼獣人の集落だと、使える下級魔法は限られているのか？」

「ええ、そうよ。飲み水を出す魔法と、火種を出す魔法しか、使える人がいないわね」

モモコの話によると、狼獣人の集落では下級魔法を使える者が非常に少なくて、しかも飲み水と火種だけしか出せないらしい。

それだって魔力が少ないせいで、かなり節約して使っていたそうだ。

獣人は魔法使い系の天職を授かれる者が、極端に少ないという話なので、魔法に向いていない種族柄《がら》なのだろう。

ただ、その代わりに、人間よりも高い身体能力がデフォルトで備わっている。

「……アルス。また、しゅわしゅわして。……ルゥ、あれ好き」

「ああ、洗浄《せんじょう》な。幾《いく》らでもしてやるし、これからは最低でも、一日一回はしような」

隣で寝転がっているルゥに強請《ねだ》られて、俺はご所望通り、身体と衣服を綺麗にする下級魔法を使った。

ルゥの全身をしゅわしゅわと泡《あわ》が包み、汚れを吸着《きゅうちゃく》させてからフッと消える。

テントに入る前も、俺はこの魔法でルゥを身綺麗にしていたので、今はそこまで汚れていた訳ではないが、どうやら泡に包まれる感覚がお気に召《め》したようだ。

狼獣人の集落では、身体を洗う手段と言えば水浴《みずあ》びで、ルゥはそれが苦手だった。これは別に、身綺麗にすることが嫌だった訳ではなく、水を浴びるという行為そのものが嫌だったらしい。

ピカピカになったルゥは、純然《じゅんぜん》たる美少女だ。後十年もすれば、己の美しさだけで国を傾《かたむ》けられる女性になるだろう。

魔法の泡にはリンスやトリートメントのような作用はないので、手入れを怠《おこた》っていた髪の質が、ごわごわしたままなのが惜《お》しい。

「アルスって色々出来るのに、それでも前の群れを追い出されるなんて、その群れの長《おさ》はバカだったのね」

モモコが言う『前の群れの長』とは、俺の父親のことだが、あの国王然とした恐ろしい男に対して、『バカ』とはあんまりだ。会ったことがない上に種族も違えば、そんな風に思えるのだろう。

俺は思わずくすりと笑みを零し、一応だが父上をフォローしておく。

「まあ、父上は俺が使える牧場魔法のこと、何も知らなかったしな……。これを知っていたら、違う未来があったのかもしれない」

牧草を生やす、家畜ヒール、解体。このどれもが王族にとっては不要に思えるが、俺の膨大な魔力を加味すれば、俺は一大畜産業の担《にな》い手《て》になれるので、追放まではされなかったと思う。

父上のフォローで付け加えることがあるとすれば、あの人は国王としての役目を立派に果たしている。その治世《ちせい》は見事で、私利私欲《しりしよく》も捨てられる為政者《いせいしゃ》なので、人の親としては落第点《らくだいてん》でも、国王としては満場一致《まんじょういっち》で百点満点だ。

「……アルス、元気出す。これから、ルゥが一緒」

「あたしだって一緒よ！　ずっとずっと、一緒なんだからねっ！」

俺が落ち込んでいるように見えたのか、ルゥとモモコが身体を寄せて励《はげ》ましてくれた。獣人は体温が高いので、この時季《じき》は助かる。

二人とも、餌で釣《つ》れたような気がしなくもないから、ちょっと複雑な気分だが……まあ、寂しいと感じることはなくなりそうだ。

身も心も温かくなって、俺の意識は微睡《まどろ》みの中に沈《しず》んでいく。『ありがとう』の一言は、何だか小《こ》っ恥《ぱ》ずかしいので、眠りに落ちる瞬間に伝えておいた。

――翌朝。コケッコーの元気な鳴き声で目を覚ました俺たちは、曇《くも》り空《ぞら》の下で喜ばしい発見をする。

なんと、早くもヒヨッコーが成長して、コケッコーになっていたのだ。有精卵は一日で孵り、更《さら》にヒヨッコーは一日で大人になるらしい。

モモコ曰《いわ》く、普通ならコケッコーの有精卵は十日で孵り、ヒヨッコーが大人になるのも同じく、十日は掛かるという。つまり、俺の牧場だと通常の十倍の速度で、コケッコーが増えていくということだ。

やはり、牧場魔法で生やした牧草のおかげかと思い、俺は更に魔力を込めて、牧草の質を向上させておく。

今後の牧場生活が上向きになることが分かったので、今日はとても目出度《めでた》い日だ。……しかし、同時に俺たちは、大きな問題にも直面していた。

「ねぇ、アルス。今日は雨が降りそうよ？　このテント一つだけだと、ちょっとまずいんじゃないの？」

モモコが鉛色《なまりいろ》の空を見上げてから、心配そうな表情を俺に向けてくる。

そう、モモコの言う通り、今日の天気は雨が降りそうなのだ。今はまだ、空が曇っているだけだが……俺がこの地に住み着いてから、初となる雨天が確実に迫っている。

「ああ、まずい状況だな……。俺たちはテントの中に入ればいいけど、コケッコーたちが雨を凌《しの》げる場所がない」

粗末なテントは俺とモモコとルゥの三人で入るのが限界、とまでは言わないが、五羽のコケッコーは流石に入らない。このままでは、コケッコーたちが雨に打たれてしまう。

街までひとっ走りして追加のテントを購入したいが、そんなお金は何処にもなかった。まだまだ畜産物を出荷出来るような余裕はないのだ。

小屋を建てようにも、近くには木なんて生えていないので、木材を調達することも出来ない。これは……詰んだか……？

「……雨、降る前に、食べる。……解決？」

ルゥが涎を垂らしながら、コケッコーたちに目を向けて、何とも不穏《ふおん》なことを言い出した。

冗談で言っているのか、本気で言っているのか……。ルゥの場合は間違いなく、本気だな。

「胃の中に収めれば、雨風を凌げるとでも言いたいんだろうけど、全滅《ぜんめつ》させたらそれ以上はもう、食べられないからな。ルゥはそれでいいのか？」

俺の言葉にハッとなったルゥが、慌てて首を横に振った。

そうだ、良くはない。俺たちは恒久的《こうきゅうてき》に、コケッコーの肉が食べたいんだ——と、そう思った矢先、俺の頭の中に天啓の如く、第四の牧場魔法の使い方が降ってきた。

それはなんと、家畜小屋を建てる魔法だ。

この魔法は今までの牧場魔法とは違って、所謂『儀式魔法《ぎしき》』に分類されており、魔力だけではなく儀式用の素材も要求された。

その素材とは、建てたい家畜小屋に対応した家畜の『ラブ』である。

ラブ、日本語に言い換えると『愛』で、英語で書き換えると『ＬＯＶＥ』――何だそれ？

俺はしばらくの間、首を傾げていたが……ふと、ハート形の結晶の存在を思い出した。

テントの片隅に放置してあった結晶を手に取ると、直感的にコレだと理解出来る。

どうやら俺の家畜たちは、問答無用で解体されたというのに、俺のために愛を残してくれていたらしい……。何だか少しだけ、涙が溢れてきた。

「……あ、いや、もしかして、この愛は仲間のコケッコーのために残していったのか？」

捕食者である俺のために残してくれたと考えるよりは、同族の仲間のためにと考える方が、ずっと納得がいく。

実際、仲間を助けるために役立つ素材なのだから、その線が濃厚かもしれない。

まあ、何にしても、俺の手元には現在、コケッコーのラブが二つある訳だ。これ一つで十羽のコケッコーを収容出来る家畜小屋が建てられるようなので、俺は二つとも使って、二十羽のコケッコーを収容出来る家畜小屋を建てることにした。

ラブを地面に置いて両手を合わせ、俺が第四の牧場魔法を使うと、ラブが光り輝いてから霞《かすみ》のように消えて、ズモモモモ……と地面から家畜小屋が生えてくる。

牧場主とは、一体……？　いや、深く考えるのはやめよう。ここはファンタジー世界なのだから、あれこれと疑問を持ち始めると、切りがなくなってしまう。

この家畜小屋は、正面の壁が金網《かなあみ》になっている普通の鶏小屋に見えるが、どんな攻撃が当たっても壊《こわ》れないという、破壊不可のオブジェクトだった。破壊不可の状態を維持するためには、俺が魔力を供給し続ける必要があるみたいだが、大した労力ではないので非常に有用だ。

しかも、小屋の中はコケッコーが過ごしやすい気温に調整されており、何をせずとも清潔な状態が保たれて、この中で産み落とされた無精卵は、小屋の横にくっ付いている木箱に自動で収められるという、至れり尽くせりな仕組みまで備わっている。

「アルスっ、あんたこんな魔法まで使えたの……!?」

「使えたっていうか、たった今使えるようになったんだよ。牧場魔法の可能性は、無限大なんだ」

「えぇぇ……。新しい魔法って、そんなにポンポン使えるようになったりしないんじゃ……いえっ、何にしてもいいことだわ！　それじゃあ、早速だけど、あたしたちが使う小屋も建てましょ？　あのテントだと、三人で暮らすには狭いもの」

モモコが自分たちも小屋で暮らしたいと言い出したが、残念なことにそれは出来ない。

何故なら、コケッコーのラブで建てた家畜小屋には、コケッコー系統の家畜しか入れないのだ。

4話　冬に必要なもの

——コケッコーの家畜小屋を建てた日の夜。

俺はテントの中で、静かな雨音に耳を傾けながら、両隣で寝転んでいるモモコとルゥの体温を肌で感じていた。

昨晩も思ったが、それほど大きくはないテントなので、どうしても密着する必要がある。別に疚《やま》しい気持ちはないのだが、獣人は体温が高いので、どうしても意識せざるを得ない。

まあ、肌寒い今の季節の夜でも、この二人がいれば若干暑いくらいなので、冬場は大いに助かるだろう。……嗚呼《ああ》、冬だ。最も恐ろしい季節、寒さに震える冬がやってきてしまう。

冬には何が必要になるのだろうか？　足りないものが多過ぎて、何から手を付ければ良いのか分からない。

そういえば、ルゥがモモコを売り払おうとしていた理由が、冬を越すためだと言っていた。ルゥに聞けば、的確なアドバイスが貰えるかもしれない。

「ルゥに質問があるんだけど、この辺りで冬を越すために必要なものって、何だ？」

「……食べ物。食料。お肉。美味なもの」

ルゥは指折り数えて、必要なものを四つも挙げてくれた。……が、それは全部同じものだ。

確かに食料は大切だが、コケッコーを順調に増やせれば、冬までには肉と卵を毎日お腹いっぱい、食べられるようになっているはずなので、それほど心配はしていない。

万能《ばんのう》な家畜小屋のおかげで、コケッコーが凍《こご》え死《じ》にすることもないので、食料は安定供給《きょうきゅう》が望めるだろう。

「食料以外に、何かないか？　モモコも知っていることがあったら、遠慮なく教えてくれ」

「んー、そうねぇ……。やっぱり薪《まき》じゃないかしら？　あたしたち獣人は寒さに強いけど、この辺りの冬の寒さは、人間のアルスには厳しいと思うわ。それと、こんな粗末なテントじゃなくて、ちゃんとした寝床が欲しいところよね。……獣人が使うゲルとか、手に入らないかしら？」

アルス領には森がないので、薪を手に入れるには街で買う必要がある。……けど、お金がない。

ゲルとは遊牧民が使う移動式住居のことで、テントの凄いバージョンみたいなものだ。ルゥとモモコも使っていたはずなので、それを持ってこられないかと尋《たず》ねると、ゲルは個人のものではなく、氏族《しぞく》全体の所有物なので難しいと言われた。

「……でも、お肉と交換、して貰える」

「なるほど、物々交換っていう手があるのか……。何にしても、家畜を殖《ふ》やすのが当面の目標になりそうだな」

お金にしてもゲルにしても、家畜を殖やさなければ手に入らない。こうなると、コケッコー以外の家畜も飼育したくなるが……そのためには、やっぱりお金が必要なのか。

剣と魔法のファンタジー世界でも、結局は金、金、金だ。世の中って世知辛《せちがら》い。

不毛の大地の隣には、動物の宝庫《ほうこ》である大草原が広がっているので、そこで何かを捕《つか》まえたいという欲求に駆《か》られてしまうが――これも、駄目だ。どの場所も獣人の縄張りになっているはずなので、その縄張りを勝手に荒らすような真似《まね》をすれば、彼らを敵に回すことになる。

獣人は氏族単位で縄張りを持っており、一つの縄張りを荒らしたからといって、全ての獣人を敵に回す訳ではないが、スローライフを志《こころざ》す俺としては、争い事とは無縁《むえん》でいたい。

「うーん……。考えれば考えるほど、今はコケッコーを地道に増やす以外に、選択肢がないな……」

そう結論付けて、俺は眠りに就くべく静かに瞼《まぶた》を閉じた。

ああ、寝台も欲しい……。寝台がないから寝心地が悪くて、どうしても眠りが浅くなってしまう。

コケッコーの羽毛が少しずつ集まっているので、冬までには羽毛布団も作っておきたい。

薪が集まらないまま冬を迎えた場合、起きている間は下級魔法で火を灯《とも》し続けて暖《だん》を取り、寝ている間はモモコとルゥの体温＋羽毛布団で、冬場を乗り越えられるかもしれない。

下級魔法の火は調理に使える程度の火力だが、狭いテントの中を温めるくらいは出来るはず……。

夢か現《うつつ》か曖昧《あいまい》な意識の中で、つらつらとそんなことを考えていると、いつの間にか俺の意識は微睡みの中に沈んでいった。


——冬の備えを意識した雨の日から、数日が経過した。

娯楽《ごらく》が少な過ぎて退屈《たいくつ》かに思われた生活だが、俺は何もしていない時間を大いに満喫《まんきつ》出来る質《たち》なので、その点は全く問題なかった。俺がこういう時間の価値に気が付いたのは、社会の荒波《あらなみ》に揉《も》まれて、草臥れ果ててからだ。

ルゥも俺と同じ質なので、二人揃ってのんびりと、何をするでもなく牧草の上で寝転がるのが、ここ最近のトレンドになっている。

俺とルゥが転寝《ごろね》している間、モモコはコケッコーに芸を仕込むという、よく分からない遊びに熱中していた。だが、この試みはまるで上手くいっていない。コケッコーの知力の低さでは、どうしようもないのだろう。

ちなみに、コケッコーは日々順調に増えており、現在は十二羽のコケッコーと、二羽のヒヨッコーが家畜小屋の中にいる。

「今日はいいお天気だから、みんな外に出て草を食べるのよ！　丸々と太って、美味しくなりなさい！」

早朝。モモコが家畜小屋からコケッコーたちを外に出して、牧草を食べるよう誘導していた。

数日前、可愛いコケッコーを食べることに罪悪感を覚えていたモモコだが、あれは遠い日の出来事に思えてくる。短い間に、言動が随分《ずいぶん》と逞《たくま》しくなったものだ。

以前は逃げられないように、コケッコーの首に紐を括り付けていたけれど、それはもうやめている。よくよく考えてみれば、ここは不毛の大地に囲まれており、俺の牧場はこの辺りで唯一の牧草地帯なので、逃げるはずがなかったのだ。

牧草地帯は俺たちが寝泊まりするテントを中心に、半径二十メートルまで広げており、コケッコーたちは伸び伸びと牧草を突いている。ついでに、モモコも頻繁《ひんぱん》に牧草を摘《つ》まみ食いしているが、牧草は生やし放題《ほうだい》なので、幾らでも食べて良いと許可していた。

「……アルス、卵あった。八個も。……食べよう？」

「おー、ご苦労様。それじゃ、朝食にするか」

ルゥが八個の卵を回収してきたので、三個を朝食にして、残りの五個を売り物にしようと思う。

コケッコーは雌が多めで、雄が少なめになるよう数を調整している。雄は卵を産まないので、食肉になるのは基本的に雄だ。

産卵、孵化《ふか》、成長のサイクルが早過ぎて、コケッコーの数が十二羽になった現在では、一日につき二羽のペースで増えるようになった。

そのため、一日一羽のコケッコーを食べても、徐々に数が増え続ける。これでようやく、俺の牧場に安定期が訪《おとず》れたと言っても、過言ではないだろう。

街で買っていた食料の備蓄《びちく》が心許《こころもと》なくなっていたので、安堵《あんど》の気持ちが本当に大きい。

「なあ、ゲルってコケッコー何羽と交換して貰えるかな？」

「……美味だから、十羽。……多分？」

ササミと卵を一緒に焼いて、塩で味付けしただけの料理。それを三人で食べながら、ルゥが俺の質問に答えた。

ルゥは両手の指の本数までしか数を数えられないので、十以上の数は全て『いっぱい』と表現してしまう。その表現を出されたら、具体的な数が分からなくて困るところだったから、十羽で収まって良かった。

聞くところによると、ゲルは五本の丸太を支柱にして、その上に大きな一枚布を被《かぶ》せた代物らしい。その布にはパリィシープという羊の魔物の毛が使われており、とても頑丈《がんじょう》で、保温性と防水性に優れているのだとか。

ちなみに、魔物とは人類種以外の魔法を使う動物のことで、このパリィシープは色々な攻撃を弾《はじ》くという、中々に強力な反射魔法が使える。魔物は凶暴《きょうぼう》で家畜には出来ないとされているので、狼獣人たちは狩《か》りで仕留めたパリィシープの羊毛《ようもう》を素材にして、ゲル用の一枚布を作っているのだ。

その大変な製作過程を想像すると、コケッコー十羽との交換は破格《はかく》に思える。

……まあ、俺が得をする分には、何も問題ないが。とりあえず、冬が来る前にゲルを入手することは出来そうだ。

「——ご馳走様《ちそうさま》でした。俺はこれから街に行ってくるから、二人は留守番《るすばん》を頼む」

「ええ、行ってらっしゃい！　ちゃんと薪を買ってくるのよ？　少しずつ蓄《たくわ》えておかないと、冬に困るのはアルスなんだからねっ」

「……いってら。気を付けて」

心配性なモモコと口数が少ないルゥに見送られ、俺は布袋に入れた卵を持って街へ向かった。

この布袋はコケッコーを解体したときに、羽毛が入っていたもので、こうして再利用しているのだ。

血が入った瓶も、使い道が思い付かない中身を捨てて綺麗に洗い、大切に保管してある。

5話　街と牛乳

――イデア王国最北端の街。そこは対異民族用に造られた戦略《せんりゃく》拠点で、獣人が大軍勢で王国に攻めてきた場合、防波堤《ぼうはてい》となる役割を担う街だった。

その性質上、この街の力は生産力よりも軍事力に偏《かたよ》っており、商業地区には余り活気がない。

街や村を行き来してお金を稼《かせ》ぐ行商人《ぎょうしょうにん》も、特産物がない辺境の街にわざわざ足を運ぶことは少ないので、競合相手がほとんどいないことは、俺にとって幸いだと言えるだろう。

俺は卵を売って手に入れた銅貨《どうか》を袋に入れてから、掘り出し物を探して露店《ろてん》を見て回る。ずっと王城で暮らしていたので、こういう経験は新鮮で楽しい。

「卵が一個につき銅貨五枚か……。卵も普通のものより美味しいけど、肉ほど味の違いが顕著《けんちょ》じゃないから……まあ、こんなもんだよな」

五個の卵が売れたので、手に入れた銅貨は全部で二十五枚だ。普通の卵は一個につき、銅貨三枚で買い取られているそうなので、生産者としてはこれでも鼻が高い。

しかし、コケッコーの肉を売れば、もっと金になるだろうと確信しているので、大喜びには繋がらなかった。

肉は今のところ、あればある分だけルゥが食べるので、貯蓄が俺たちの消費を超えて出荷出来るようにまでなるのは、当分先のことになりそうだが……。

ちなみに、イデア王国で流通している貨幣《かへい》は、四種。それぞれの価値は、銅貨百枚で銀貨《ぎんか》一枚、銀貨百枚で金貨《きんか》一枚、金貨百枚で白金貨《しろきんか》一枚となっている。

平民なら一月の食費は、銀貨十五枚もあれば賄えるだろう。勿論これは、嗜好品《しこうひん》を抜きにした場合で、甘味《かんみ》や酒なんかを求め始めると話が違ってくる。

「――駄目だな。塩と薪くらいしか、目ぼしいものが見つからない」

剣と魔法のファンタジー世界なので、怪我を治すポーションなんて代物も売っているが、下級魔法による応急処置よりも効き目が高いものは、とても手が出せないお値段だった。

掘り出し物は諦《あきら》めて、俺は当初の目的だった薪なんかを購入していく。薪は一本につき銅貨一枚、塩は一掴みで銅貨五枚だ。

こうして、無事に買い物を終えたところで、俺の耳にやたらと甲高《かんだか》い声が突き刺さった。

「あらっ!?　そ、その美しい後ろ姿は……まさかっ、アルス殿下!?　アルス殿下では御座《ござ》いませんのッ!?」

俺が後ろを振り向くと、見事な金髪縦《きんぱつたて》ロールを持つお嬢様《じょうさま》が、赤い宝石のような瞳をこちらに向けて、驚愕《きょうがく》の表情を露わにしていた。

お嬢様の年齢は俺よりも三つか四つほど上で、人を睨んでいるような吊り目が印象的に見える。着ている衣服、というより防具《ぼうぐ》は、黄金《おうごん》の鎧《よろい》と深紅《しんく》のドレスを足して二で割ったようなアーマードレスで、その腰には豪奢《ごうしゃ》な装飾《そうしょく》が施された一振りの宝剣《ほうけん》を佩《は》いていた。

こんな言い方は失礼だが、何だか悪役令嬢《あくやくれいじょう》っぽい女性だ。しかも、武闘派《ぶとうは》の。

彼女の顔は、社交界で見たことがある。確か、北部辺境伯の娘で、名前は……ルビー・ノース。辺境伯家の人間からすれば、今の俺なんて吹けば飛ぶような立場だが、肩書だけは第三王子のままなので、へりくだることはしない。

「やぁ、久しぶり。ルビー、元気だったか？」

「げ、元気ですわ！　それはもう、とっても元気ですの！　わたくしは元気だけが取り柄《とりえ》みたいなところがあって――ああっ、違うそうじゃなくって！　ま、まずはご挨拶《あいさつ》からですわ……!!　本日は御日柄《おひがら》も良く……アルス殿下におかれましては、ご機嫌麗《きげんうるわ》しく……」

好青年ならぬ好少年の皮を被った俺が気軽に声を掛けると、ルビーは頬を赤らめてモジモジしながら、口早に言葉を返してきた。

その姿はまるで、推《お》しのアイドルと突然出会ってしまったかのような様子だが、それもそのはず……。これは普通に自慢話だが、俺はとてもモテていた。

同年代の令嬢たちに意中《いちゅう》の相手を尋ねたとき、俺の名前が出てくる確率は九割九分九厘《きゅうわりくぶくりん》だったと、城住みのメイドたちが言っていたのだ。

俺の二人の兄は、俺よりも結構年上なので、同年代で俺に並ぶ身分の男がいなかったという事情もあるが、やはりイケメンであることが何よりも大きい。

それと、傲慢《ごうまん》な態度で令嬢たちを蔑《ないがし》ろにすることもなかったし、むしろ前世では味わえなかったアイドル気分に浮かれて、ファンサービスに力を入れていたくらいだ。

……ああ、ファンサービスで思い出した。そういえばルビーとも、舞踏会で一曲だけ踊ったことがある。

その年はルビーが【戦乙女《いくさおとめ》】の天職を授かった年であり、ルビーはとてもクサい台詞で俺をダンスに誘《さそ》ってきたのだ。

『これから先、戦場で踊り続けるという過酷《かこく》な運命《うんめい》が定められたわたくしに、最初で最後の楽しい踊りを教えていただけませんか……？』

あれはもう、完全に悲劇《ひげき》のヒロインとしての自分に酔《よ》っていた。

他国や獣人との戦争なんて、百年以上も起きていないので、イデア王国は平和そのものである。

それなのに、お前は一体何処の戦場へ行くつもりなんだと、当時の俺はツッコミを入れたくて仕方がなかった。

無論、ファンサービスの最中に、そんな無粋《ぶすい》なことを言う訳がないので、俺は真面目《まじめ》くさった表情を取り繕い、『全力でお相手させていただきます』と答えたはずだ。

「あ、あのっ、アルス殿下は、どうしてこんなところに……!? まさか、お忍《しの》びでわたくしに会いに!?」

「いや、違う。……俺さ、王城から追放されちゃったんだよね。だから、今はノース辺境伯の領地と大草原の間にある場所で、領主をやっているんだ。それで――」

と、俺が冬支度《ふゆじたく》のことを説明しようと思ったら、ルビーが急に近付いてきて、俺の両肩をガシッと掴む。

「追放ッ!? しかも間って……そこは、不毛の大地ではありませんこと……!?」

「ああ、そうだよ。今は何とか暮らせているけど、最初は途方に暮れたな」

どうやら、俺が追放されたことを知らなかったようで、ルビーは愕然《がくぜん》とした表情で慄《おのの》いている。

改めて、牧場主の天職を授かったところから順に説明してやると、彼女はぽろぽろと涙を零して、俺のことを憐《あわ》れんだ。

同情するなら金をくれ……。と言う俺に、ルビーは装飾過多な宝剣を差し出してくる。ありがとう、幾らで売れるか分からないけど、貰っておくよ。

――街で思わぬ再会があり、あっさりと宝剣を貰ってしまった俺だが、何食わぬ顔で牧場まで帰ってきた。

ルビーから貰った宝剣は高価過ぎて、街では買い取って貰えなかったので、残念ながら懐《ふところ》が温かくなった訳ではない。

まあ、美味しい伝手《つて》が出来たので、その点は喜ばしい限りだ。ルビーは兵士たちを鍛えて統率《とうそつ》する司令官として、あの街にしばらく滞在《たいざい》しているそうなので、どうしても解決出来ない問題があったら、泣き付いて助けを乞《こ》おう。

「――アルス!!　大変っ、大変なのっ！　あたしの！　あたしのおっぱいが!!」

俺が帰宅して早々に、モモコが大慌てで駆け寄ってきた。その腕いっぱいに、元々はコケッコーの血が入っていた瓶を抱えている。

そして、その瓶の中身は今、血の代わりに乳白色の液体が入っていた。

「おっぱい……？　モモコのおっぱいが、どうしたって？」

「おっぱいが！　いっぱい出たの!!」

一大事じゃないか。……あ、いや、牛獣人は赤ちゃんが出来ていなくても、お乳が出る種族らしいので、家族が増える訳ではないはず……。

男としてはリアクションに困るが、モモコはとても嬉しそうなので、目出度いことなのだろう。

お乳の出が悪くて、ルゥに売られそうになっていた過去もあるし、ここは素直に祝福《しゅくふく》してあげるべきだ。

「良かったな、これで牛獣人としては一人前《いちにんまえ》じゃないか。お祝いに、牧草をいっぱい食べていいぞ」

きっと、俺が生やした質の良い牧草のおかげで、モモコのお乳の出が良くなったのだと思う。そう考えると、何だか少しだけ、誇《ほこ》らしい。

「草はもちろん食べるわよ！　それよりもっ、早く飲んでみて!!　あたしのお乳!!」

モモコがズイッと、俺に乳白色の液体が入っている瓶――モモコ印《じるし》の牛乳を押し付けてきた。

「…………え？」

俺は困惑しながら、牛乳とモモコの大きな胸を交互に見遣《みや》る。

「どうしたの？　早く飲みなさいよ、あたしのお乳」

前世の記憶を持つ俺の感性が、素直に頷くことを許してくれない。有《あ》り体《てい》に言えば、俺は羞恥心《しゅうちしん》に苛《さいな》まれている。

そんな俺の横から、ルゥがにゅっと手を伸ばしてきて、モモコが持つ牛乳を奪うと、そのまま勢い良く飲み干してしまった。

「……美味。アルスも飲む。とても、身体にいい」

一瞬だけ、ルゥは困っている俺を見兼《みか》ねて助けてくれたのかと思ったが、全くそんなことはないらしい。

「もぉ、ルゥはさっきも飲んだじゃない！　今はアルスに飲んで貰いたいんだから、邪魔しないでよねっ！」

モモコは文句を言いながらも、自分のお乳が美味しいと評価されて、満更《まんざら》でもなさそうな表情をしている。恐らくだが、牛獣人にとっては、大変名誉《めいよ》なことなのだろう。

牛乳はまだまだ沢山《たくさん》あるので、モモコは別の瓶を俺に押し付けてきた。

ここで頑《かたく》なに突っ撥ねると、良からぬ意識を抱いているのだと思われそうなので、俺は大人しくモモコ印の牛乳を受け取ることにした。

「においは……まあ、普通の牛乳だな」

一先ず香りを確かめてみたが、特に変なにおいはしない。

モモコの期待するような眼差しに急《せ》かされて、意を決した俺が牛乳を口に含むと、仄《ほの》かに甘みのあるさっぱりとした味わいが、舌の表面を優しく撫でた。

喉を鳴らして呑み込むと、瞬く間に身体の内側から活力が湧いてきて、自分で感じ取れるほど明確に血行《けっこう》が良くなり、全身がポカポカと温かくなってくる。

「ねぇねぇ、どうなのよ!?　あたしのお乳っ、美味しい!?」

「…………はい、美味しいです」

俺は何故だか畏まった口調で、気が付いたときには素直にそう返事をしていた。

今日は一日、モモコの顔を直視出来そうにないが、美味しかったのは間違いない。

ルゥが言ったように、身体に良いというのも頷ける話だ。こんなに上質な牛乳は王城でも飲んだことがなかったので、やはりこれも、牧場魔法によって生やした牧草が良い影響を与えているのだろう。

一度飲んだら羞恥心が薄れたので、モモコにはこれからも沢山牧草を食べて貰って、どんどん牛乳を提供して貰いたい。

……あれ？　これだとモモコって、もしかして家畜枠か？

試しに家畜ヒールをモモコに使ってみると、問題なく回復効果が発揮された。

――ルビーに宝剣を貰った日の夕方。折角なので、俺はこの宝剣を使って、剣術の鍛錬《たんれん》を行うことにした。

王城暮らしの最中に培《つちか》った剣術。それを鈍《なま》らせるのは勿体《もったい》ないので、こうして剣が手に入ったことは幸運かもしれない。

ただ、宝剣は装飾が邪魔で、無駄にキラキラしているのが鬱陶《うっとう》しい。刃《やいば》は本物なので、実用性がない訳ではないが……。

「……アルス。それ、ルゥもやる」

「うん？　それって、剣術の鍛錬のことか？」

俺が確認を取ると、ルゥはこくりと頷いて俺の横に並んだ。剣を使ったことがあるのか聞いてみると、『……ない』と短く返される。

初心者がいきなり刃物を持つのは危ないので、俺は宝剣の鞘《さや》を渡して、ルゥに型の練習をさせることにした。

俺が習った剣術はイデア王国の騎士が使っているもので、何処までも面白味がなく堅実《けんじつ》だ。必殺技《ひっさつわざ》とか、奥義《おうぎ》とか、子供が好きそうな見栄《みば》えの良い技もないので、すぐに飽《あ》きるかと思ったが、ルゥは俺の見様見真似《みようみまね》で、しっかりと技術を吸収していく。

俺と同じ型をなぞっているのだが、全ての動作が五倍速くらいなので、実に恐ろしい。……いや、もう仲間なのだから、頼もしいと言うべきか。

「ルゥは今まで、どうやって狩りをしていたんだ？　剣を使ったことがないなら、やっぱり槍《やり》とか弓か？」

ふと、これほど強いルゥの得意な武器が気になって、俺がそんな質問をすると、ルゥは驚きの事実を教えてくれた。

「……違う。ルゥ、グーで殴《なぐ》る」

「ぐ、グーで殴る……？　まさか、素手《すで》ってことか……⁉」

驚愕を露わにする俺に、ルゥは平然と頷いてみせる。

大草原とは日夜、過酷な生存競争が繰り広げられている魔境《まきょう》であり、そんな場所に棲息している魔物が弱いはずがない。そこに素手で乗り込むなんて、普通なら自殺行為だし、修羅場《しゅらば》の連続になるであろうことは容易に想像が付く。

それなのに、ルゥの身体には古傷らしいものが、一切見当たらない。これは、余裕があった証なのか、それとも再生力が高い天職を授かっているのか……。

俺は獣人の文化に理解がないので、不躾《ぶしつけ》に天職に関する質問をして良いのか分からない。だから、その辺りの疑問は一旦《いったん》、頭の片隅に放置することにした。

まあ、一緒に暮らしているのだから、その内分かる日が来るだろう。

6話　品種改良

——俺たちの慎《つつま》しい食卓に、モモコ印の牛乳が並ぶようになってから、早くも十日ほどが経過した。

今日の空は、疎《まば》らに白い雲が浮かんでいる程度の晴れ模様で、太陽の光はきちんと俺の牧場に降り注いでいる。だが、風が吹くと身震いしてしまうくらいには、肌寒くなっていた。

これは段々と、冬が近付いてきている証拠だろう。冬の気配に不安を感じる毎日だが、牧場で飼育しているコケッコーの数は順調に増えており、ようやく二十羽を超えた。

今日明日にでもゲルと交換して貰うべく、狼獣人の集落に足を運ぼうかと考えているのだが……

それよりも先に、試しておきたいことがある。

なんと、つい先日に十個目のコケッコーのラブが集まった瞬間、俺は第五の牧場魔法を使えるようになったのだ。

その魔法で出来ることは、ずばり『品種改良』である。これにもラブが必要で、品種改良したい個体と同じ系統の家畜のラブを一度に十個も消費するが、やる価値は非常に大きいはずだ。

品種改良の選択肢は多岐にわたり、身体の大きさ、肉質、羽毛の量、羽毛の質、卵を産む量、卵の質など、割と定番っぽい選択肢もあれば、『魔物化』というファンタジー要素の塊《かたまり》のような選択肢まである。

他にも筋力や敏捷性《びんしょうせい》、賢《かしこ》さの向上など、家畜には必要なさそうな選択肢もあるが、そちらは無視して良いだろう。

一度の品種改良につき、一つまでしか向上させることが出来ないので、これは中々に悩ましい。

肉質を向上させたら、ただでさえ美味しいコケッコーの肉が、今以上に美味しくなるというのだから、この選択肢に最も強く心が惹《ひ》かれてしまう。……だが、これは理性的な選択ではない。

今後、何事もなく平穏なスローライフを送れる保証があれば、肉質を向上させるためにラブを使っても問題ないのだが、そんな保証は何処にもないので、熟考《じゅくこう》する必要がある。

品種改良で俺が特に有用だと感じている選択肢は、耐寒性の向上と魔物化の二つだ。どちらにしようか、先日から悩み続けているのだが、一向に決められない。

今日こそは、これを決めてしまおうと思う。

「——と、そんな訳で、俺は意見を求めているんだ。モモコとルゥの知恵を貸してくれ」

コケッコーを放し飼いにして牧草を食べさせながら、俺たち三人は肩を並べて、のんびりと寝転がっている。そんな中、俺はモモコとルゥに事情を説明して、幅広い意見を求めた。

「……ルゥ、もっと美味がいい。……でも、おっきくしたら、いっぱい食べられる。……悩ましい」

ルゥは涎を垂らしながら、ぽやぽやした表情で頭を悩ませているが、今回の品種改良についての論点はそこではない。

耐寒性の向上か、魔物化。選択肢は二つに一つだ。前者は冬に備える意味があって、後者は牧場の警備員になってくれることを期待している。

「別に、寒さに強くする必要はないんじゃないの？　コケッコーって元々、寒さには結構強いはずだし、何より家畜小屋の中って、暖かいんでしょ？」

ああ、そうだった。モモコの言う通り、家畜小屋の中はコケッコーが過ごしやすい気温に調整されているんだったな……。それに、この地方で繁殖《はんしょく》してきたコケッコーなんだから、元々寒さに耐性があるのも頷ける。

注目していた耐寒性の向上を無視することが出来るようになったので、俺の関心は魔物化一つに絞《しぼ》られた。

「あのさ、コケッコーを魔物化させたら、どうなると思う？」

「え……？　どうって、暴れるんじゃないかしら？　魔物は人に、懐《なつ》かないのよ？」

「いや、それは大丈夫だって、牧場主としての直感が囁《ささや》いているんだ」

モモコの指摘はこの世界の常識だったが、俺の天職はそんな常識を覆《くつがえ》す予感がした。

今よりも牧場を大きくするのであれば、いずれは家畜を狙って大草原から外敵が流れてくるだろう。そうなった場合、家畜を守るための戦力が必要になるのだ。

ルゥの実力は底知れないが、広くなった牧場を一人で守り切ることは流石に出来ないはずなので、家畜の魔物化は光明《こうみょう》となり得る。

「……アルス。お肉、美味にしない……？　ルゥ、美味がいい……」

ルゥがうるうると瞳を潤《うる》ませて、俺の判断を鈍らせようとしてきた。……やめてくれ、その眼差しは俺に効く。

「コケッコーの魔物化は牧場を広げるために、必要なことだと思うんだよ。牧場が広くなったら、今よりも沢山の肉が食べられるし、ラブの回収効率も上がるから、肉質だってすぐに良くなるんだぞ」

「……沢山……美味……分かった。ルゥ、アルスのこと、信じる」

ルゥの聞き分けが良くて助かった。俺は早速、一羽の雄のコケッコーを囲むようにして十個のラブを置き、第五の牧場魔法を使ってみる。

すると、ラブが光り輝いて宙に浮かび、次々とコケッコーの身体に吸い込まれていく。そして、コケッコーがピンク色の光に包まれた後――光の中から、一回り大きくなった茶色のコケッコーが、堂々とその姿を現した。

こいつは何故か、最初から頭にテンガロンハットを被っており、目つきは堅気《かたぎ》のコケッコーとは思えないほど鋭くて、既に何人か殺《や》っている目をしている。

これはもう、どう見たって普通のコケッコーではない。

お尻から卵型の石を弾丸のような速度で発射する魔物、その名も『ガンコッコー』だ。

――初めての品種改良を行った日の正午。

俺は牧場の守りをガンコッコーに任せると、十羽のコケッコーを引き連れて大草原へ足を運んだ。

案内役はルゥとモモコで、目的地は狼獣人の集落である。

ちなみに、魔物化した家畜のガンコッコーは、きちんと俺の言うことを聞いてくれた。かなり知能が発達したのか、ガンコッコーの方から身振り手振りで、俺たちに何かを伝えようとすることもある。流石に人の言葉を喋ったりはしないが、簡単な意思の疎通なら出来るだろう。

大草原は草しか生えていない平地かと思っていたが、地形は緩やかな起伏が多く、木も疎らに生えており、背の高い雑草の茂《しげ》みなんかもあって、死角が随分と多い場所だった。一人で足を踏み入れたら、あっという間に迷子になる自信がある。

狼獣人の縄張りは不毛の大地から近い場所に存在しているが、縄張りそのものが広大なので、集落まではそれなりの距離を歩かなければならない。

ルゥにとっては自分の庭のような場所なので、その足取りに迷いはなく、幾つかの水場を経由して、陽が沈む前には集落に到着する予定らしい。

――そして、最初の水場に到着したところで、俺は奇妙な魔物の群れを発見した。

「……なあ、俺の目には、象《ぞう》が浮かんでいるように見えるんだが？」

自らの長い鼻から出した巨大なシャボン玉に包まれて、プカプカと象が浮かんでいる。しかも、群れだ。

それらの象は一頭の大きさが八メートル前後もあり、四十頭近くもの群れを形成していた。

「あれはウカブゾウっていう魔物よ！　近付くとシャボン玉が割れて、勢い良く降ってくるから、気を付けなさいよね」

「えぇぇ……。マジかよ、おっかない魔物だな……」

俺はモモコの注意喚起に、腰が引ける思いをした。ウカブゾウは地面から五十メートルくらいの高さまで浮かんでいるので、あの高さからあんな巨体が降ってきたら一溜まりもない。

まあ、シャボン玉で浮かんでいるのだから、実はスポンジのように身体が軽い可能性もあるが——それにしても、ウカブゾウ……。浮かぶ象？　誰が名付けたのか知らないが、酷いネーミングセンスだな。

と、そう思った矢先、水場から這《は》い出てきた一匹のカバが、ウカブゾウの真下に入ってしまった。

「あっ、あれはバカナカバっていう動物よ！　昔から大草原に棲息している動物だけど、未だに何一つとして学んでいないみたいで、警戒心もなく簡単に死んじゃうの」

なんて馬鹿なカバなんだ……。モモコの説明通り、バカナカバは降ってきたウカブゾウに潰されて、呆気なく地面の染《し》みになってしまった。

遠目に見ている俺たちのところまで、ズドン！　と地響きが伝わってきて、ウカブゾウが体格に相応《ふさわ》しい重量を有しているのだと教えてくれる。

そんな身体で五十メートルもの高さから落下するなんて、どう考えても自殺行為のように思えるが、バカナカバを潰したウカブゾウは平然と立ち上がって、再び長い鼻から出したシャボン玉で自分を覆い、何事もなく宙に戻っていった。

俺にとっては恐ろしい光景だったが、モモコとルゥは平然としているので、こんなことは大草原だと日常茶飯事《にちじょうさはんじ》なのだろう。

「これが魔境……。これが大草原か……。聞きしに勝《まさ》るヤバさだな」

ああはなりたくないと気を引き締めた俺は、モモコとルゥに先導されて、静かに水場を離れた。

しばらくしてから、俺たちの視界には別の魔物の姿が映り、モモコがそいつを指差して口を開く。

「あっ、アルス！　あの魔物のことは覚えておいて！　もしも大草原で迷子になったら、あの魔物の傍にいるといいわ！　ちなみに、あの魔物の名前はキリンリンよ！」

その魔物は首に沢山の小さな鈴を付けているキリンで、のそのそと歩きながら長い首を揺らし、リンリンと煩《うるさ》いくらい鈴を鳴らしていた。

「魔物に近付くのは危ないだろ？　魔物は例外なく好戦的だって、俺は常識として教えられたぞ」

「ええ、そうね。当たり前だけど、キリンリンだって好戦的よ。でも、あの魔物は目が悪くて目線が高いから、身体が大きな生物しか目視出来ないのよ」

しかも、キリンリンが鳴らしている鈴の音は、敵意を持つ相手に精神的なダメージを与えるらしい。これによって、他の魔物はキリンリンに近付くことを嫌がるので、足元にいる人は安全に過ごせるという訳だ。

獣人の子供が迷子になってしまったときは、一縷《いちる》の望みに賭《か》けてキリンリンを探すと言う。大草原は厳しいだけの環境だと思っていたが、救いもあるようで安心した。

俺たちは何事もなくキリンリンとすれ違って、狼獣人の集落を目指して歩き続ける。

「……二人とも、下がって」

道中、ルゥが突然立ち止まって、それから俺たちを庇《かば》うように、一歩前に出た。

ルゥの眠たげな眼は、前方の小高い丘に向けられており――――しばらくすると、丘の向こう側から、炎の鬣《たてがみ》を持つ一頭の獅子《しし》が現れた。そいつは体長が四メートルほどもあり、まるで王者のような風格を漂《ただよ》わせている。

とりあえず、モモコに説明を求めてみよう。

「解説のモモコさん、よろしくお願いします」

「あれはサンライオンっていう魔物よ！　強靭《きょうじん》な四肢《しし》から繰り出される一撃は岩だって軽々と砕《くだ》くんだけど、本当に恐ろしいのは口から吐き出される灼熱《しゃくねつ》の炎ね。大抵の生物は骨すら残らず、綺麗に燃え尽きちゃうの」

モモコの説明通り、サンライオンは先手必勝とばかりに、ルゥに向かって灼熱の炎を吐いた。このままだと俺とモモコにも直撃するコースなのだが、モモコは全く怯《おび》えずに平然としている。草を焼き尽くしながら炎が迫ってくるが、ルゥは避ける素振りを見せないまま棒立ちだ。

まさか、勝てない相手と遭遇したから、早々に諦めてしまったのか……？

そんな俺の心配を嘲笑《あざわら》うかのように、何故か炎の方からルゥの身体を避けて、あらぬ方向に流れていった。

俺は困惑した。サンライオンも困惑した。

そして、サンライオンは困惑しながらも、二度、三度と灼熱の炎を吐く。しかし、何度繰り返しても、棒立ちしているだけのルゥに掠《かす》りもしない。

業《ごう》を煮《に》やしたサンライオンがルゥに肉迫して接近戦を仕掛けたが、ルゥは何の予備動作もなく雑に放ったパンチで、サンライオンを軽々とぶっ飛ばした。

旋回しながら地面に激突し、力なく横たわったサンライオン……。息こそしているものの、完全に立ち上がれなくなっている。まさかの一発ＫＯだ。

ルゥは徐《おもむろ》にサンライオンへと近付き、その身体によじ登ってから、己の拳を天に向かって突き上げた。これは、勝利のマウントポーズだ。

7話　英雄

――サンライオンを倒したルゥは、小高い丘の新たな王者となった。

そして、王者となったからには、挑戦者が現れる。それが、世の常《つね》というもの。

最初の挑戦者は、雷《かみなり》を纏《まと》う一本角《いっぽんづの》を生やした漆黒《しっこく》の馬だった。脚が六本もあり、その身体の大きさはサンライオンに負けず劣《おと》らずの四メートル前後。如何《いか》にも強者然とした佇《たたず》まいで、この六脚馬はルゥを睨みつけている。

「解説のモモコさん、よろしくお願いします」

俺は早速、モモコに説明を求めた。今後はこれが、恒例《こうれい》の前振りになりそうだ。

「あれはサンダーホースっていう魔物よ！　強靭な六本の脚から繰り出される一撃は岩だって軽々と砕くんだけど、本当に恐ろしいのは、あの角から放たれる雷撃ね。雷と言えば天罰《てんばつ》を連想する人が大勢いるから、この魔物は罪人を裁《さば》くために現れる神の使いだって信じている人も多いの」

強い魔物って、岩を軽々と砕いてばっかりだな……。サンダーホースがサンライオンよりも強いのかは分からないが、炎よりは雷の方が厄介な気がする。

流石に雷は速過ぎて躱《かわ》せないだろう……と思ったが、サンダーホースの角から放たれた雷撃は、勝手にルゥを避けて、あらぬ方向に飛んでいった。

サンダーホースは困惑しながらも、二度、三度と雷撃を放つが、棒立ちしているだけのルゥに掠りもしない。

業を煮やしたサンダーホースがルゥに肉迫して接近戦を仕掛けたが、ルゥは何の予備動作もなく雑に放ったパンチで、またもや一発ＫＯを披露してくれた。

「ルゥ……。お前、どうして魔法が当たらないんだ？　見た感じ、明らかに魔法の方から、ルゥのことを避けているよな」

俺の疑問に、ルゥは自分でも不思議そうな様子で、身体ごと首を傾ける。

「……ルゥ、分からない。戦うとき、いつもこう。……勝手に、外れる」

いや、どんなチートだよ……。解説のモモコさん、何か知りませんか？

「あたし、知ってるわ！　ルゥの天職は【英雄】なのよ！　それでね、集落のお年寄りたちが、『英雄に飛び道具は当たらない』って言ってたの」

「英雄⁉　英雄って……あの英雄か……。マジかよ……」

英雄と言えば、御伽噺《おとぎばなし》や英雄譚《えいゆうたん》に登場する伝説級の天職で、誰だって名前くらいは知っているほど有名だ。

確かに物語の中には、『英雄に飛び道具は当たらない』という記述があったと記憶している。ただ、遠距離攻撃なら魔法も飛び道具扱いになることは知らなかった。これは思わず言葉を失ってしまうくらい凄い。これで、近接戦の強さは見ての通りなのだから、もはや手の付けようがないだろう。

ルゥが武器を持っていないのも、拳一つで苦戦した覚えがないというのも、大いに頷ける話だ。最初に出会ったときから、ルゥは自然体でありながらも強者の気配を漂わせていたが、その実力は俺の想像以上だった。あそこでコケッコーの肉を振る舞ったのは、我ながら英断《えいだん》だったと思う。

ルゥはこの後も、ボクシンググローブを嵌《は》めたカンガルーや、髪型がリーゼントになっている水牛など、新たなる挑戦者たちを次々とぶっ飛ばして、小高い丘に『永世名誉王者《えいせいめいよおうじゃ》』としてその名を刻《きざ》み、老若男女《ろうにゃくなんにょ》に惜しまれながらも、諸事情によって引退することになった。

「……えいせい、めいよ、おうじゃ。……ルゥ、凄くなった？」

「ああ、凄くなったぞ。だから、そろそろ狼獣人の集落に向かおうな。遊んでいると、日が暮れちゃうから」

俺はご機嫌になったルゥの頭を撫でて、早く道案内を再開するよう促した。

小高い丘での出来事を適当に締《し》め括《くく》った俺たちが、狼獣人の集落に辿り着いたのは、夕陽が沈むギリギリの時間帯。

この集落の者たちは、圧倒的な強者であるルゥを恐れ敬《うやま》っており、そんなルゥの紹介で取引を持ち掛けた俺の言葉に、快《こころよ》く耳を傾けてくれた。

それでも、ゲルと交換したいのなら、コケッコー十羽では少し足りないと渋《しぶ》られ――コケッコーを捌《さば》いて、実際に味を確かめさせた瞬間、態度が一変。狼獣人の族長は是非にと、大喜びで取引に応じてくれた。

商談が成立した後、今夜はここに泊めて貰うことになったので、狼獣人の生活に軽く触れておく。

この集落の狼獣人は二百人くらいの集団で生活しており、彼らは遊牧民族であるのと同時に、狩《しゅ》猟《りょう》民族としての側面も持っていた。

肉は全て、狩りによって調達しており、飼っている牛獣人と羊獣人からは、お乳と羊毛を貰いながら生活している。

コケッコーなどの普通の動物は飼っていないようで、これは単純に、意思の疎通が出来ない家畜の面倒を見るのは難しいという事情があった。

大草原は魔物が跳梁跋扈《ちょうりょうばっこ》している魔境なので、生活を共にしている者たちで協力し合うことは必須。であれば、意思の疎通が出来ない家畜は、足手纏《あしでまと》いにしかならないのだ。俺と交換した美味しいコケッコーも、飼育して数を増やそうと試みることなく、すぐに解体していた。

狼獣人にとって、牛獣人と羊獣人は家畜扱いで、その字面《じづら》だけを見ると、酷い扱いをされているように思えてしまうが……これは実際のところ、ただの共生関係だった。

狼獣人は牛獣人と羊獣人を外敵から守り、牧草地と水場を確保する。牛獣人と羊獣人はその対価として、狼獣人にお乳と羊毛を提供している。

俺としては、狼獣人が他の獣人を食べていたらどうしようかと、それだけがとても不安だったので、そんなことはなくて一安心だ。

「モモコとルゥは、両親に会いに行ったりしなくていいのか？」

夜。ルゥとモモコが使っていたというゲルで、俺たちが川の字で横になっているとき、俺は二人にそんな質問をした。

二人とも、集落に到着してからずっと、俺の傍を離れていないので、少し気になっていたのだ。

モモコは一瞬だけ、きょとんとしてから、ポンと軽く手を打って納得する。

「両親……？　あ、そっか。人間は生みの親に育てられるんだっけ。あたしたち獣人は、生みの親が誰かなんて気にせず、集落で生まれた子供はみんなで育てるのよ。だから、あたしもルゥも、生みの親が誰なのか知らないわ」

「お、おおぅ……。何だか凄いな……。それなら、集落のみんなが家族みたいなものか」

「そうね、そんな感じ。だけど、これはあくまでも、大草原に住む獣人の習性だから、他のところに住んでいる獣人のことは分からないわ」

大草原での生活は死と隣り合わせなので、いつ誰が死んでも子供が路頭《ろとう》に迷わないよう、こういう習性になったのだろう。俺はまた一つ、獣人のことに詳しくなった。

――こうして、狼獣人の集落で一夜を過ごした俺たちは、翌日の昼頃には無事に、牧場まで帰還《きかん》出来た。

組み立てる前のゲルを持ち運ぶのは大変だと思ったが、そこは力持ちのルゥが活躍してくれたので、俺は特に何の苦労もしていない。ものを運ぶための草原を滑《すべ》るソリは、無償《むしょう》で提供して貰えたので、この恩はいつか返そう。

「ガンコッコー、俺たちの留守中に何か異常はあったか？」

留守を任せていたガンコッコーに報告を促《うなが》すと、こいつはコケーッという軽快な鳴き声で返事をした。当然だが、何を言っているのか分からない。……まあ、コケッコーの数も減っていないし、何事もなかったのだろう。

ガンコッコーは俺たちが留守の間に、卵のようなものを産んでいたが、それはよく見ると卵型の石だった。残念ながら、魔物化したことで、コケッコーのときに有していた生産性を失ったらしい。

魔物は他の動物のように、雌雄の交尾《こうび》によって繁殖する訳ではなく、世界に満ちている『魔素《まそ》』

と呼ばれるエネルギーが濃い場所から湧き出たり、そういう場所で動物が変異したりして生まれると言われている。

つまり、ガンコッコーの雌雄を用意しても、繁殖させることが出来ない可能性は非常に高い。

大草原に棲息している魔物たちを見て、牧場の防衛戦力をもっと増やさなければ……と、危機感を抱いたが、ガンコッコーを増やすにはコケッコーを更に増やす必要があると考えて良いだろう。

二十四時間年中無休で、ルゥに頼り切る防衛体制。そんなものはどう考えても不健全なので、なるべく早くガンコッコーの数を揃えたい。……だが、今から安易に魔物化させていくのではなく、品種改良によって様々な質を向上させたコケッコーを繁殖させる方が、先だろうか？

直感的に、質の良いコケッコーを魔物化させた方が、より強いガンコッコーになると思うのだ。

——俺はつらつらと、そんなことを考えながら、ゲルの組み立て準備を行う。

「それじゃ、ゲルを組み立てるぞ。今までお世話になったテントは俺が片付けるから、二人はゲルの支柱を入れる穴を掘っといてくれ」

「……ん、ルゥがやる。任せて」

俺は粗末なテントに別れを告げて、テキパキと片付けを始めた。

ゲルの組み立ては手慣れているルゥが率先《そっせん》して行い、支柱となる五本の丸太を軽々と持ち上げて、あっさりと地面に突き刺していく。……穴を掘ってと言ったのだが、掘るまでもなく力尽くでどうにかなるようだ。

それから、大きくて分厚い一枚布を上に被せ、その隅っこを丸太にきつく縛り付けて、俺たちの新しい住居は完成した。

ゲルの中は八畳一間《はちじょうひとま》くらいの広さがあって、粗末なテントに比べたら、三人でも十分快適に暮らしていけるだけの広さがある。

足元には床なんて大層なものはなくて、剥《む》き出《だ》しの地面に牧草が生えているだけなので、ここには片付けたテントの布を敷《し》いておく。このテントは何らかの布に、防水性を持たせるための蝋《ろう》が薄く塗《ぬ》られている代物だ。座り心地は悪いが、雨の日に地面から水が染み出してくる心配はなくなる。

狼獣人の集落では、羊毛を使ったフカフカな敷物が使われていたので、次の取引ではその敷物が欲しいと、先方には熱意を込めて伝えてある。……嗚呼、コケッコーをもっと増やさないと……コケッコー……コケッコー……。十羽に減ったコケッコーを眺めていると、物悲しくなってしまう。

そういえば、ゲルには一つ注意点があって、この中には石で囲っただけの小さな暖炉《だんろ》を用意してあるのだが、肝心の通気口が存在しないので、定期的に入り口を開けて換気《かんき》しなければならない。

ちなみに、パリィシープの羊毛は耐火性も備わっているそうなので、火事の心配はそこまでしなくて良いのだとか。

「何だか急に広くなっちゃって、少し落ち着かないわね……」

「……ん、分かる。ルゥも、そわそわする」

ゲルの中は広いのに、モモコとルゥは俺の隣にぴったりとくっ付いて座っている。これは、狭いテントの中で暮らしていた頃の距離感だが……まあ、暖かいし良いだろう。

もうそろそろ、風も吹いていないのに、肌寒さを感じるようになってきた。空がどんよりと曇っており、次に降るのは随分と冷たい雨になりそうだ。

俺はゲルの中で、冬支度の最終確認を行う。薪良し、塩良し、小麦粉と乾燥野菜も良し。冬場でもコケッコーの卵と肉を食べられる予定なので、食料に関しては全く問題ない。

羽毛布団はまだ完成していないが、羽毛はそれなりの数が集まっているので、後は入れ物となる大きめの布があれば良い。それは後日、街で買い求めよう。

「俺が確認した感じ、どうにか冬を越せそうな物資は揃っていると思うんだけど、モモコとルゥは何か、足りないと思うものはあるか？」

「んー、そうねぇ……。強《し》いて言えば、雪掻《ゆきか》き用のスコップかしら？　雪が積もる量は毎年結構違うけど、沢山積もったら雪掻きしないと大変よ」

モモコの言う通り、雪が沢山積もったら一大事だ。家畜に牧草を食べさせる必要があるので、雪掻き用のスコップは絶対に買っておきたい。

俺は頭の中の購入リストに雪掻き用のスコップを追加してから、今度はルゥを見遣る。お前は何か、思い付いたことはあるか？

「……お肉があれば、それで良し」

……うん。ルゥはそういう奴だよな。

買うものは羽毛布団用の布と、雪掻き用のスコップの二点。卵を細々と売り続けていたので、お金の蓄えは少しだけある。これでどうにかなるはずだ。

——そして、後日。俺は街で買い物を行い、冬支度をしっかりと終わらせた。

天候が崩れて、王国北部に大嵐《おおあらし》が到来したのは、丁度その次の日の出来事である。

8話　大嵐

暗雲が垂れ込めて強風が轟々《ごうごう》と唸り、雨粒が鋭い針《はり》のように感じられるほど、勢い良く大地に降り注ぐ。

時折、空がピカッと光ったかと思うと、雷が落ちて腹の底を揺らすような音が鳴り響く。

――嵐だ。冬が訪れる直前に、凄《すさ》まじい大嵐がやってきたのだ。

俺たちは不安を紛《まぎ》らわせるように、ゲルの中で身を寄せ合って雨風を凌いでいる。

「ね、ねぇ、アルス……。せ、せせ、世界が終わる前に、や、やっておきたいことって、何か、あるかしら……？」

「落ち着けモモコ！　世界は終わらないし、俺たちは死なないから！」

嵐に怯えているモモコが、顔を真っ青にしながらガタガタと震えて、とても不吉な質問をしてきた。

正直なところ、モモコの気持ちはよく分かる。本当に世界の終わりが訪れたかのような気分だ。

不毛の大地には高い建物や木がないので、落雷が俺たちのゲルに直撃しても何ら不思議ではない。

……ああ、いや、一応、牧場からやや離れた場所に、結構大きな岩がぽつんと一つだけあったはずだ。雷が落ちるとすれば、俺たちのゲルよりも先に、あちらの大岩だろう。

ゲルの身代わりとなるあの大岩が、雷に撃たれて砕けたとき、いよいよ俺たちは絶体絶命かもしれない――と、そう思った矢先、かなり近い距離で落雷の音が鳴り響いた。

「……雷、落ちた。すぐ近く」

ルゥがそう呟き、俺とモモコは思わず自分の顔を両手で覆う。きっと、今の雷は、あの大岩に落ちたんだ……。

雄大な自然の脅威を前に、俺たち人は何処までも無力だった。いくら英雄のルゥでも、パンチで嵐を吹き飛ばせたりはしない。

「あっ、そういえば……サンダーホースの雷撃って、ルゥを避けていたよな？　それなら落雷も、ルゥを避けたりしないか？」

俺の気付きにモモコはハッとなって、全力でルゥにしがみ付く。無論、俺も追随した。

「ルゥっ、あんた本当に頼むわよ!?　しっかり雷を逸らしてくれないと、もうあたしのお乳っ、あげないんだからねっ!?」

「……ん、分かった。ルゥ、頑張る。……頑張る？」

ルゥは自分の意思で雷撃を逸らしていた訳ではないので、どうやって頑張ったら良いのか、分からなくなっていた。

それでも分からないなりに、両手を頭上に掲げながら『むむむ……』と力み始める。その行為に意味があるのかは不明だが、とにかく何かに縋《すが》りたかった俺とモモコも、真剣な表情でルゥの真似をしてしまう。

三人揃って『むむむ……』と力んでいる最中——ゲルのすぐ傍から、甲高《かんだか》い鳥の悲鳴のような声が聞こえてきた。

「い、今の音は何だ!?　まさかっ、コケッコーの悲鳴か!?」

「みんな小屋の中なんだし、それはないはずだけど……もしかして、入れ忘れちゃった、とか……？」

俺が狼狽《うろた》えると、モモコが不安を煽《あお》るようなことを言った。

「……!?　ルゥのお肉、ピンチ……!?」

俺たちが引き留める間もなく、ルゥが大慌てでゲルの外に飛び出してしまう。こんな嵐の中で外に出るなんて、どう考えても危険極まるので、これには俺も大慌てだ。

「バカッ!!　戻ってこい!!　コケッコーはまた育てればいいけどっ、お前の代わりはいないんだぞ!?」

今世において、こんなに腹の奥底から叫んだ経験は他にない。

仲間意識、だろうか……？　どうやら俺は思った以上に、ルゥに――もちろんモモコにも、情を移していたらしい。

ルゥを連れ戻すべく外に出ようとした俺だが、モモコにしがみ付かれて足が止まる。

「駄目よアルスっ！　外に出ちゃ駄目っ!!　ルゥなら絶対に大丈夫だから!!　落ち着いてっ!!」

大丈夫な訳がない。あんなに小さい身体じゃ、あっという間に風で飛ばされてしまう。

「くそっ、離せモモコ!!　ルゥを今すぐ連れ戻さないと!!」

「離さないわよ!!　くっ、仕方ないわね……!!　悪く思うんじゃないわよ!?」

離せ、離せと藻掻《もが》く俺をモモコは押し倒して、とても鮮やかなキャメルクラッチを決めてきた。

これは後になって知ったことだが、モモコの天職は対人戦に特化している【格闘家《かくとうか》】だそうだ。

俺の背骨がミシミシと嫌な音を立てて、あわや絞め落とされそうになったところで……ルゥがひょっこりと、何食わぬ顔で戻ってきた。

ルゥは自分の背中に、人と鳥を足して二で割ったような幼女を乗せている。

「ルゥ！　無事だったのね!?　勝手に飛び出しちゃ駄目じゃない！」

「……大丈夫。それより、これ。……拾った」

モモコが俺への拘束を解いてルゥに駆け寄ると、ルゥは背負っていた幼女を敷物の上に寝かせた。

その子は恐らく鳥獣人で、顔立ちは基本的に人間と同じだが、口だけは小鳥のようにツンと尖っている。肌は僅《わず》かに青みがかっており、やや短めの髪は山吹色《やまぶきいろ》で、うっすらと開かれた瞼から覗く瞳は翠色《みどりいろ》。腕は翼と一体化しており、モコモコしている白い毛に覆われた下半身は、膝より下が鳥類のものだった。

この子は片方の翼が折れ曲がっているので、嵐に飛ばされて俺たちの牧場に墜落《ついらく》したのかもしれない。

モモコに絞め落とされる寸前で、息も絶え絶えだった俺だが、何とか家畜ヒールを鳥獣人の幼女に使う。俺の家畜ではない相手に通用するのか不明だったが……、『俺の牧場で保護したのだから、俺の家畜にしても問題ないだろう』と思い込むことで、無理やり効果を発揮させた。

こうして、鳥獣人の幼女の怪我は治ったが、疲れているのか眠りに就いたままだ。

無理に起こすのも可哀そうなので、俺たちは三人で幼女の寝顔を見守りながら、嵐に怯えて一夜を過ごした。


——結局、雷は牧場に落ちることなく、ようやく嵐が過ぎ去って朝を迎える。

ゲルの外に出てみると、晴れ晴れとした青空には虹《にじ》が架《か》かっており、いつにも増して澄《す》んでいる冷たい空気が、嵐で疲弊《ひへい》した俺たちの心を癒《いや》してくれた。

嵐の最中でも家畜小屋は平穏そのものだったらしく、コケッコーたちを外に出すと、何事もなかったかのように元気良く、牧草を突き始めた。

コケッコーたちを放し飼いにしている間、俺たちは話し合いをするべく、ゲルの中に戻って輪になって座る。

「えー、それでは、アルス牧場の第一回、緊急会議を開きたいと思います」

そう宣言した俺の左側にはモモコが、右側にはルゥが座っており、正面には起床した鳥獣人の幼女の姿がある。

「ハイハイっ！　まずはボクから、一つ言わせて欲しいッピ！　昨日はありがとうだッピ！　本当に助かったッピよ！」

この、ピッピピッピピと煩い鳥獣人の幼女の名前は、ピーナ。見た目は六、七歳だが、実年齢は十一歳らしいので、幼女呼ばわりは失礼かもしれない。

ピーナに詳しい話を聞くと、どうやらここから大分離れた場所に山脈があって、そこには鳥獣人の集落が存在し、ピーナはその集落から昨日の嵐によって飛ばされてきたそうだ。

その山脈は晴れている日であれば、牧場からでも遠目にうっすらと見えるのだが、歩くと結構な距離があるので、ピーナを集落まで送り届けることは難しい。今が冬でなければ何とかなるのだが、冬だと途中で雪が降ったら凍死《とうし》してしまう。

空を飛べば徒歩よりも早く到着するが、山脈にはワイバーンという凶悪な魔物が棲息しているので、ピーナが一人で飛んで帰ることも現実的ではない。

ええっと、つまり――

「ありがとうついでに、厚かましくてごめんッピだけど、ここでボクの面倒を見て欲しいッピ……。それからそれからっ、冬が終わったらボクを集落まで連れていってくれると、とっても助かるッピ……！」

「まあ、そうなるよな……。見捨てるのも寝覚めが悪いし、別に構わないぞ。その代わり、何かしらの仕事はやって貰うが」

「頑張るッピ！　ボクっ、何でもするッピよ！」

ピーナの面倒を見ることが決まったところで、俺は今日の本題に入る。

「――ルゥ、何か言うことはないか？」

「……心配、掛けて、ごめんなさい。許して、欲しい。……ルゥも、何でもするっぴ」

やめろ、ピーナの真似をするな。ピッピピッピとみんなが言い始めたら、何だかノイローゼになりそうだから……。

何はともあれ、俺が問題にしていることは一つだけ。それは昨日の、自《みずか》ら危険に飛び込むようなルゥの行動だ。

結果的にはピーナを助けることに繋《つな》がった訳だし、あんまり長々とお説教をするつもりはないが、今後はああいう行動を慎《つつし》んで欲しい。

「アルス、もう一つ大事なことがあるわよね？　落雷対策、考えておかないとまずいんじゃないの？」

俺がルゥに反省を促《うなが》した後、モモコが極めて重要な指摘をしてきた。

「ああ、まずいな。出来るだけ早く、どうにかしないといけない問題だ」

落雷対策と言えば避雷針だが、長い鉄の棒を用意するのに幾らお金が掛かるのか分からない。ルビーから貰った宝剣を売ることが出来れば、どうにでもなりそうだが……困ったことに、買い手が見つからないのだ。

もういっそ、長い鉄の棒が欲しいとルビーに泣き付くか……？　頼り過ぎるのは申し訳ないが、落雷対策はどうしても急を要する。

「うーん……うん……。まあ、仕方ない。この一件はルビー……えっと、俺の知り合いに力を貸して貰えないか、聞いてみるよ」

俺がそう結論を出したところで――突然、外にいるコケッコーたちが大騒ぎを始めた。

「……!?　ルゥのお肉、ピンチ……!?」

ルゥは真っ先に立ち上がって駆け出そうとしたが、ピタリと立ち止まって俺の方に顔を向ける。勝手に突っ走るのはいけないことだと、どうやら学習してくれたらしい。

「よしっ、一緒に行くぞ！　モモコも付いてこい！　ピーナは――弱そうだからここで待機だ！」

「分かったわ！　あ、言っておくけどっ、アルスも弱っちいんだからね！　何があっても、あたしの後ろにいなさいよ！」

「よく分からないけど、気を付けるッピよ！　ボクはここで応援してるッピ！」

俺とモモコも立ち上がって、ルゥと一緒に外へ飛び出した。

一応、主張しておくが、俺はそれなりに剣術も使えるし、下級魔法で身体能力を軽く底上げしたり、牽制程度に火や水を出せたりもするので、全く戦えないという訳ではない。

魔力が多いので持久戦にさえ持ち込めれば、戦闘系の天職を持つ相手にも勝てる可能性はあるのだ。……極僅《ごく》かに。

ちなみに、新しい牧場魔法を使えるようになる度《たび》に、元々多かった俺の魔力は倍々で増え続けている。今なら王国中の宮廷魔導士が束《たば》になっても、魔力量だけなら俺の方が上だろう。

9話　ダンジョン

――コケッコーたちの騒ぎを聞きつけて、ゲルの外に飛び出した俺たちは、人の脚が生えている体長一メートルほどのハゼを目撃した。サイズこそ大きいものの、姿形は海や川に棲息している魚のハゼだ。

近付いてみると、そいつの頭部には凹《へこ》みがあって、既《すで》に事切れていることが分かった。死んだハゼの近くには卵型の石が転がっており、お尻から硝煙《しょうえん》が出ているガンコッコーも佇んでいたので、どうやらこいつが射殺したらしい。

ガンコッコーは得意げに、翼の先っぽでテンガロンハットの鍔《つば》を持ち上げて、一仕事終えたと言わんばかりのニヒルな笑みを浮かべている。

「ハゼ……？　え、何でハゼ……!?　い、意味が分からない……っ!!」

俺が知るハゼはこんなに大きくないし、脚も生えていないし、そもそも水棲《すいせい》生物だ。不毛の大地には海や川なんてないのに、どうしてハゼが……？

頭を抱えて困惑する俺に、同じく困惑した様子のモモコが話し掛けてくる。

「あたし、こんな生物初めて見るんだけど、なんなのこいつ？　ちょっと……いえ、かなり、キモイわよね……？　しかもなんか、生臭いし……」

「解説のモモコさんでも、分からないことがあるんだな……。こいつはハゼだって、脚が生えていなければ断言出来たんだが……正直、俺にもよく分からない」

モモコは自分の鼻を摘まみ、生臭いハゼから少し距離を取った。獣人は嗅覚《きゅうかく》が優《すぐ》れているので、魚の生臭さが苦手ならしんどい現場だろう。

「……アルス。これ、美味なもの？　ルゥ、食べてみたい」

ルゥは魚の生臭さが苦手ではないようで、それどころか食欲をそそられている。

俺も久しぶりに魚を食べたいところだが、このハゼには人の脚が生えているので、こいつを食べるのはどうかと思う。ちなみに、その脚はほっそりとした女性らしい美脚で、染《し》み一つない玉の肌なのが、不気味さを三割増しにしている。

「ちょっとルゥ、やめておきなさいよ。こんな臭いもの食べたら、お腹を壊しちゃうわよ」

「……大丈夫。ルゥのお腹、大丈夫って、言ってる」

ルゥはモモコの忠告を歯牙《しが》にも掛けず、俺を見上げて瞳をうるうると潤ませた。その眼差しに弱い俺は、仕方なく牧場魔法でハゼを解体する。

この魔法は俺の家畜じゃなくても解体出来るが、その場合はしっかりと仕留めていなければならない。今回はガンコッコーのお手柄だ。

三枚におろされた切り身が白い紙に包まれた状態で出てきて、ハゼの頭はごろんと雑に転がった。一メートルほどもあったハゼの切り身は食べ応えがありそうで、塩焼きにしたら普通に美味しそうに見える。

ただ、コケッコーとは違って、残念ながらラブは出なかった。あれは何となく、『大切に飼育した家畜』からしか出ないような気がする。これは直感だが、牧場主の天職を持つ俺の直感は、この手のことに関してなら当てにして良い。

ハゼを解体する際に、一番の懸念点《けねんてん》だった不気味な美脚だが、これは不思議なことに、何処にも見当たらなかった。その代わりに、透明な液体が入っている小瓶が二本、地面に無造作に転がっている。

蓋を開けてみると、片方はとんでもなく臭い魚油《ぎょゆ》であることが分かった。油には色々な用途があるのだが、これは臭過ぎて使う気になれない。……まあ、街で売れるかもしれないので、一応は回収しておく。

もう片方の液体に関しては、無臭でサラサラとした液体ということしか分からなかった。味を確かめる勇気はないので、こちらも今のところ使い道はないが、とりあえず回収しておく。

「ハゼの切り身を焼いて食べる前に、このハゼが何処から来たのか知りたいな……。ルゥ、足跡とかにおいで分かったりしないか？」

「……多分、あっち。来て」

ルゥは小さな鼻をひくひくと動かしながら、迷いのない足取りで歩き始めた。どうやら、においを辿《たど》れるらしい。

俺とモモコがルゥの後に続いて歩くと——割と早い段階で、ハゼがやってきたと思《おぼ》しき場所に到着する。

そこは昨日、雷が落ちた大岩があった場所だが、今は大岩が砕けており、その下から地下へと続く階段が姿を現していた。

「で、出たーーーっ!!　これはダンジョンの入り口よ！　間違いないわ!!」

急にテンションの上がったモモコが、階段を指差しながらそう叫んで、力強く断言した。

この世界には当たり前のように、『ダンジョン』と呼ばれる不思議な地下構造体が存在している。

大量にある訳ではないが、イデア王国の各地方に、二つか三つくらいずつはあったはずだ。

ダンジョンとは何か、その答えは諸説ある。神様が人々に試練を与えるために造った施設だとか、人を誘《おび》き寄せて食べてしまう巨大な魔物だとか、魔界《まかい》に住まう魔族《まぞく》たちの侵略《しんりゃく》兵器だとか……。

しかし、本当のところは誰にも分かっていない。少なくとも、俺はそう教えられている。

今のところ、ダンジョンに関して判明している重要なことは、三つだけ。


一つ目、ダンジョン内には高濃度の魔素が充満《じゅうまん》している。

二つ目、ダンジョンは勝手に成長する。

三つ目、ダンジョンにはお宝がある。


人類が特に気を付けるべき点は、一つ目の『ダンジョン内には高濃度の魔素が充満している』という部分。これはつまり、当然のように大量の魔物が生まれるということだ。脚が生えているハゼも、そんな魔物の中の一匹だったのだろう。

――ダンジョンを発見した俺たちだが、探索に乗り出すこともなく、牧場に帰ってきた。

俺は冒険がしたいのではなく、スローライフを送りたいだけなので、危険なダンジョンに自ら入ろうとは微塵《みじん》も思えないのだ。

まあ、ダンジョンに眠るお宝は欲しいが……。ガンコッコーを増やしたら、ダンジョン探索をそいつらに任せて、俺は働かずしてお宝だけを貰うというのが理想的だろう。

「ダンジョンなら、ボクの村の近くにもあったッピ！　けど、本当に放置しても大丈夫ッピ？　間《ま》引《び》きしないと魔物が氾濫《はんらん》するって、大人たちは言ってたッピよ」

ハゼの塩焼きを献立《こんだて》に入れた朝食をとり始めたところで、ダンジョンの話を聞いたピーナが、俺の不安を煽るようなことを言ってきた。

「それは全然、大丈夫じゃないな……。早くガンコッコーを増やして、間引きさせないと」

「それならルゥに、ダンジョンへ行って貰ったら？　ガンコッコーよりもルゥの方が、絶対に強いわよ」

モモコの提案に、俺はちらりとルゥを見遣る。はぐはぐとハゼの塩焼きを齧《かじ》っているルゥは、よく分からないけど任せて欲しいと言うように、一度首を傾げてから小さく頷いた。

「……いや、駄目だな。ダンジョンには罠《わな》もあるはずだし、ルゥに任せるのは怖い」

命の軽重を語るのは道徳的ではないかもしれないが、実際問題として俺の中では、ルゥの命はガンコッコーの命よりも重い。ガンコッコーはあくまでも、替えが利《き》く存在なのだ。

だから、ルゥがどれだけ強いとしても、未知のダンジョンに挑むのであれば、俺はその役目をガンコッコーに押し付ける。

そう結論付けてから、俺もハゼの塩焼きを恐る恐る食べてみた。すると……本当に、普通のハゼの味がした。人の脚が生えていたゲテモノとは思えないほど、コメントに困る普通の味だ。

コケッコーの肉の方が美味しいが、久しぶりに食べる海の幸《さち》なので、あっという間に平らげてしまう。

「最初はあんなに臭かったのに、焼くとにおいも気にならないし、結構美味しいわね……。何だかちょっと、悔しいわ」

「ボクもこれ、好きだッピ！　山脈の麓《ふもと》にある川で獲《と》れたお魚は、もっと臭くて泥《どろ》っぽくて、全然美味しくなかったッピよ。これが同じお魚とは思えないッピ」

モモコとピーナも、ハゼの塩焼きがお気に召したらしい。ちなみに、ピーナたち鳥獣人は雑食であり、割と何でも食べられるそうだ。

コケッコーは同じ鳥類なので、その肉を食べるのは共食いに当たるのではないかと心配したが、それも杞憂《きゆう》だった。

「あのハゼが定期的にダンジョンから出てくるなら、これも頻繁に食べられそうだな」

そうであれば、コケッコーを解体する頻度が下がるので、繁殖させる方に力を入れられるようになる。それと単純に、料理の種類が増えるのも嬉しい。

……ただ、こうなると、いよいよ塩以外の調味料も欲しくなってくる。どんな食材でも、味付けが塩だけだと、どうしても飽きてしまうのだ。

俺以外の面々は塩以外の調味料の味を知らないので、現状でも大いに満足しているようだが……。

「ああーーーっ!!　ちょっとピーナ!?　なに飲んでるのよ!?　それは飲んだら駄目だって、アルスに言われたでしょ!?」

「ピッ!?　わ、忘れてたッピ！　喉が渇《かわ》いたから飲んじゃったッピ!!」

モモコが突然、ピーナを指差して大声を上げた。俺がピーナに目を向けると、どうやらハゼを解体したときに出た液体を飲んでしまったらしい。魚油の方ならにおいで分かるので、飲んだのは用途不明だった液体の方だ。

飲むなと言っておいたのは、つい先程のこと。それをもう忘れるなんて、まさか鳥獣人だから、鳥頭《とりあたま》なのか……？

とりあえず、何が起こるか分からないので、吐き出させようと俺がピーナに近付き——その瞬間、ピーナの身体がピカッと光る。

そして、すぐに光が収まると、何故かピーナの肌が艶々《つやつや》になっていた。それはまるで、ハゼの美脚を思わせる玉の肌だ。

「これは……もしかして、美容液《びようえき》だったのか……？　いやっ、この即効性だと美肌ポーションか……!?　だとしたら売れるぞ！　凄まじい値段で売れるはずだ!!」

俺の喜びは非常に大きい。きっとピーナが飲んだ液体は、マジックアイテムに分類されるポー

ションだったのだろう。それも、美容に特化したポーションだ。

効果も一目見て分かるほど顕著なので、貴婦人《きふじん》から幾らでも金を巻き上げられるはず……。

魔物を普通に解体しても、ポーションなんて出る訳がないので、これも牧場魔法の力ということになる。俺以外の誰にも真似出来ないのだから、殿様《とのさま》商売の始まりだ。

「ねぇアルス！　ぴよーえきって何よ!?　なんかピーナのお肌が綺麗になったけどっ、まさかそういう効果がある飲み物だったの!?　それならあたしにも飲ませなさいよねっ！」

「……それ、美味なもの？　ルゥも、ルゥも飲みたい」

モモコとルゥが挙《こぞ》って、飲みたい飲みたいと騒ぎ始めた。……さて、お前らは幾ら金を出せるんだ？

10話　雪の日

俺たちがダンジョンを発見した日から、早くも数週間が経過した頃――

気温が一気に冷え込んで、遂《つい》に雪が降り始めた。

コケッコーは冬の寒さにも負けず、日々順調に繁殖しており、現在は三十羽まで数を増やしている。当然だが、家畜小屋はしっかりと増築済みだ。

それと、ようやくコケッコーのラブが二十個も溜まったので、そろそろ雌雄を一羽ずつ選んで品種改良を行い、次世代のエリートなコケッコーを繁殖させようと思う。

雪が積もれば大草原の魔物も活発ではなくなると、そうモモコから聞いたので、寒くとも冬は時期的に、一般動物の繁殖に適しているのだ。

今回の品種改良によって、雌は産卵能力を向上させて、雄は身体を大きくさせる。

雌の産卵能力は繁殖力と直結しているはずなので、これはラブの獲得量を増やすことにも繋がるだろう。そのため、優先度が最も高いと俺は判断した。

雄の身体を大きくするのは、単純に可食部を増やす目的もあるが、魔物化させたときの強さに、分かりやすく影響を及ぼすのではないか、という期待もある。身体が大きくなれば、シンプルに力が強くなるだろう。

ちなみに、ラブによる品種改良は、一度改良した項目を更にもう一度改良しようとすると、十倍のラブが必要になる。つまり、産卵能力と身体の大きさを更に改良するなら、今度はそれぞれに百個のラブが必要ということだ。

「アルスー！　今日もアシハゼが来てたわよー！」

「ああ、分かった。……それにしても、本当に毎日来るな。今日はどっちのアシハゼだ？」

外にいるモモコに呼ばれたので、俺はゲルから出て牧場の外縁部へと向かった。

ダンジョンから現れたハゼは、あれから毎日のように牧場を襲撃しにやってくる。このハゼは人の脚を自分自身に生やす魔法が使えると判明したので、厳正なる協議の結果、俺たちはこいつを『アシハゼ』と命名した。脚が生えているハゼだから、何の捻《ひね》りもなくアシハゼだ。

アシハゼは個体によって生やす脚が異なり、女性らしい美脚の他に、男性らしい毛深い脚を生やす奴が存在する。

毛深い脚を生やすアシハゼを解体すると、美肌ポーションではなく、育毛ポーションが手に入る。こちらは頭髪が薄くなった王侯《おうこう》貴族とかに、高値で売れるはずだ。

濡《ぬ》れ手《て》で粟《あわ》とはまさにこのことだが、これらのポーションはアシハゼを解体したときに、必ず手に入る訳ではなかった。入手出来る確率はそこそこ低めなので、まだストックがそこまで多くはない。

「今日はもじゃもじゃの方よ！　さっさと解体してっ！　じゃないとにおいが酷くって、あたしの鼻がバカになっちゃうわ！」

「この牧場で魚の生臭さに慣れてないの、多分もうモモコだけだぞ」

今日のアシハゼは毛深い方だった。既にガンコッコーが射殺しており、モモコに急かされた俺は牧場魔法で解体を済ませる。

ルゥは元より、ピーナとコケッコーたちも、既にアシハゼの襲撃では動じなくなっていた。

正直、アシハゼはかなり弱い。コイツの攻撃方法は鋭い飛び蹴りだが、それだけと言えばそれだけだ。ガンコッコーが簡単に射殺してくれるので、アルス牧場最高戦力のルゥが出るまでもない。

ダンジョンから出てくる魔物の危険度は、基本的にダンジョンの成長具合に比例するので、このダンジョンは恐らく出来たばかりなのだろう。

「……アルス。外から、誰か来る。……結構、強い」

アシハゼを解体した後、俺が朝食の準備を行っていると、ピンと耳を立てたルゥが珍しく緊張した面持《おもも》ちで、静かに警戒を始めた。ルゥの意識が向いている方角は、大草原やダンジョン側ではなく、辺境伯領側だ。

「誰か？　ルゥが強いって言うなら、相当だな……。ピーナ、コケッコーを小屋の中に戻しておいてくれ。モモコとルゥは俺と一緒に行くぞ。牧場の外で迎え撃つんだ」

「分かったッピ！　みんな、気を付けるッピよ！」

「き、緊張するわね……！　ルゥがこんなに警戒するなんて、初めてのことよ……!!」

ピーナにコケッコーたちを任せ、俺はモモコとルゥを引き連れて牧場の外へ向かう。

ルゥの警告は『相手が強い』ということだけで、敵だと決まった訳ではないのだが、ルビーから貰った宝剣を一応装備しておく。この剣、装飾過多で最初は使い難いと思っていたが、段々と手に馴染《なじ》んできてしまった。

――こうして、俺たちが牧場の外に出ると、白馬に乗りながらこちらへ向かってくるルビーの姿が見えた。彼女は立派な金髪縦ロールを靡《なび》かせて、今日も深紅のドレスと黄金の鎧を足して二で割ったような、アーマードレスを身に着けている。乗っている白馬も金銀宝石で飾られており、これ以上ないほど派手だ。

ルビーは遠目に俺の姿を視認すると、満面の笑みを浮かべながら大きく手を振ってきた。

「アルスさまーーー!!　わたくしっ、ルビー・ノースが参上致しましたわーーー!!」

「えぇぇ……。なんか、凄まじく派手な人が来ちゃったわね……。アルスは王子様だし、ああいう知り合いがいるのも納得だけど……」

モモコはド派手なルビーの登場に面食らいつつも、俺の知り合いなら納得だと頷いた。

王侯貴族の皆が皆、ルビーほど派手好きという訳ではないが……まあ、概ね派手なので、モモコの解釈は正しい。

「……アルス、知り合い？　敵、違う？」

ルゥが警戒していたのは、どうやらルビーのことだったようだ。戦乙女の天職を授かっているルビーは、ルゥが警戒するほど強いらしい。

俺はルゥの頭を撫でて、緊張を解《ほぐ》してやる。

「あいつは敵じゃなくて、知り合いだな。悪い奴じゃないから、警戒しなくていいぞ」

……ただ、白馬に乗った女性の騎士が八人と、荷馬車に乗っている女性の商人が一人、ルビーに同行している。彼女たちのことまでは、俺も知らない。ルビーの知り合いだろうから、警戒する必要はないはずだが、こうも大所帯だと思わず身構えてしまう。

アルス牧場に到着したルビーたち一行は、軽《かろ》やかな動作で馬から降りて、俺の目の前で片膝を突いた。

「アルス様っ！　わたくし、本日は頼まれていたお品物をお持ち致しましたわ‼」

頼まれていたもの……？　あっ、避雷針か！　そういえば嵐の後、街へ行ったときに頼んでおいたんだ。

「ありがとう、ルビー。なんか貰ってばっかりじゃ悪いし、俺もルビーにいいものをあげよう」

「まぁっ、アルス様から何かを下賜《かし》していただけるなんて……っ、末代までの家宝《かほう》に致しますわ……‼」

美肌ポーションは貴婦人に高値で売り付けるつもりだったが、こんな境遇《きょうぐう》の俺を敬い続けているルビーには、二本だけプレゼントすることにした。

牧場の面々は既に全員が美肌ポーションを使っているので、誰からも文句は出ないだろう。

「使ったらなくなるポーションだから、家宝にはしなくていいぞ。遠慮なく使ってくれ」

俺はルビーたちを牧場に招いて、とりあえず美肌ポーションを手渡しておいた。下賜とか言っているが、仰々《ぎょうぎょう》しいやり取りは一切なしだ。

俺が美肌ポーションの効果を説明すると、ルビーは瞳を輝かせながら、くるくると一人で円舞曲を踊り出す。

「戦乙女は戦場の華《はな》ッ!! わたくしは美しければ美しいほど、強くなれるのですわ!! アルス様はそれをご存じで、これほどの代物を下賜してくださいましたのね!?」

いや、知らんけど……と、そんなことを素直に言う必要はない。リップサービスくらいなら、俺は幾らでもやる所存だ。

「ああ、勿論だとも。戦乙女のルビーには、宝石のような美しい肌が似合うからな」

「まぁっ！　まぁまぁっ！　アルス様ったら、お上手ですこと！」

俺の言葉に機嫌を良くしたルビーは、喜色満面で小瓶の蓋を開け、小指を立てながら上品に中身を飲み干した。

そして、本当に一瞬で肌が美しくなったルビーを見るや否《いな》や、同行していた計九人の女性が驚愕した表情を浮かべ、ギラギラと目の色を変える。

ルビーに渡した美肌ポーションは、残り一本……。果たして、それは誰の手に渡るのだろうか？

美を求める女たちの苛烈《かれつ》な争いが、静かに幕を開けようとしていた――

と、俺が勝手に心の中でナレーションを入れながら、ルビーの同行者たちを眺めていると、ルビーはポンと手を打って、まずは騎士たちの紹介をしてくれた。

「こちらの八人は、わたくしが創設した白百合《しらゆり》騎士団のメンバーですわ！　わたくしにどうしても外せない用事があって、火急のご用件をアルス様のお耳に入れる必要がある場合、この者たちを使いますので、お目通りだけでも済ませておこうかと思いまして！」

「なるほど、そういうことか。まあ、俺は権力も何もない肩書だけの王子だから、適当によろしく」

俺が八人の女騎士に０円の営業スマイルを向けると、全員が頬を赤らめて胸を押さえ、こくこくと何度も頷いた。

王城で暮らしていた頃、鏡の前でしこたま練習した自慢の営業スマイルだ。きっと俺の背景には、無数の花々が咲き誇って見えるに違いない。

「こ、これが微笑《ほほえ》みの悪魔《あくま》……!?　笑顔だけで城中の女という女を誑《たぶら》かした第三王子……っ!!　噂通り、ヤバイやっちゃで……！」

それで、滅茶苦茶《めちゃくちゃ》失礼なことを言うそっちの商人、お前は誰だ？

11話　商《あきな》い

ルビーに同行してきた商人の名前はゼニス。

彼女は二十代前半くらいのスレンダーな女性で、水色の髪を肩まで伸ばしており、その毛先はくるりと内側に丸まっている。瞳の色は青い宝石のようで、頭が良さそうに見える眼鏡《めがね》を掛けていた。

ゼニスの容姿について特筆すべき点は、人間よりも耳が長いこと。俺の前世の知識と照らし合わせると、見るからに『エルフ』と呼ばれるファンタジーな種族だが、この世界では『森人《もりびと》』と呼ばれ、緑豊かな森を守る種族として知られている。

そんな種族が森から出て、商人をやっているのは不思議なことだが……まあ、性格や趣味嗜好《しゅみしこう》なんて個人差があって当たり前なので、こういう森人もいるのだろう。

ゼニスが着ている衣服は緑色の旅装束《たびしょうぞく》で、腕の部分には商人であることを示す秤《はかり》の印が入っている。そして、その印が金色であることから、かなり稼いでいる商人だと俺は察した。

イデア王国では駆け出しの行商人が銅の秤、店を構えているような中堅《ちゅうけん》の商人が銀の秤、王侯貴族御用達《ごようたし》のような大商人が金の秤の印を使っているのだ。

ゼニスに話を聞くと、彼女はノース辺境伯家の御用商人で、避雷針を調達してくれたのも彼女らしい。

その避雷針は三本の鉄の棒を繋ぎ合わせて組み立てるもので、牧場の近くに早速設置しておいた。ルビーと白百合騎士団は既にこの場を去っており、牧場には現在、ゼニスだけが残っている。

何でも、美肌ポーションを買い取りたくて、商談がしたいそうだ。俺としてはコケッコーの卵とか、肉も余るようになったら売りたい。それと、調味料を調達して貰えれば、今後とも良い付き合いが出来るだろう。

「――商談するのはいい。けど、その前に聞いておきたい。微笑みの悪魔ってなんだ？　そんな不名誉な渾名《あだな》、俺は初めて聞いたぞ」

ゲルの中で向かい合って座りながら、俺が詰問するような口調でそう尋ねると、ゼニスは自分の手で後頭部を掻きながら、にへらと曖昧な笑みを浮かべた。

「い、いやぁ……ウチも詳しくは知りまへんけど……へへへ……」

こいつは似非関西弁《えせかんさいべん》みたいな喋り方をするので、俺の中のエルフ――もとい、森人のイメージが悉《ことごと》く崩れ去っていく。黙っていれば知的な美人なのに、口を開くと途端に胡散臭くなるから不思議だ。

「知っていることだけでいいんだ。話してみろ」

「ええと……ウチが言ったんとちゃうよ？　あ、あんな、第三王子はんは笑顔一つで、城中の女を狂信者《きょうしんしゃ》にしたって噂が、昔からあったんや……。誰が言い始めたのか知らんけど、結構誰でも知っとる噂やで」

いや、貴婦人やメイドに俺のファンが多かったのは事実だけど、狂信者なんて表現はいくらなんでも大袈裟過ぎる。いつの世も熱狂的なアイドルファンというものは存在するが、王城にいるような女性は淑女《しゅくじょ》ばかりだったので、誰もが節度を守って俺のことをチヤホヤしていたはずだ。

「俺が知る限りでは、狂っている人なんて一人もいなかったぞ」

「そ、そうなん……？　でも、第三王子はんの使用済みパンツ、城の女たちの間では金貨数十枚とかで、頻繁に取引されとったで……」

「狂ってる!!　もう言い逃れ出来ないほど狂ってやがる……!!」

俺は王城で暮らしていた頃、毎日のように新品のパンツを穿《は》かされていた。王族とはこういうものかと思っていたが、どうやら俺の使用済みパンツは、勝手に裏で売買されていたらしい。

立派な淑女たちが、そんな取引に手を染めるようになった原因……。それが俺の笑顔一つにあるのだとしたら、確かに悪魔の所業《しょぎょう》だと言われても不思議ではない。淑女たちの親や兄弟、あるいは夫や子供は、嘸《さぞ》かし俺が恐ろしい存在に見えたことだろう。

「………まあ、いい。いや良くはないんだけど、過ぎたことだし忘れるよ。とりあえず、本題の商談に移ろうか」

俺の言葉に、ゼニスは待ってましたと言わんばかりに手を叩いて、美肌ポーションの買取希望額を口にした。

その額、なんと金貨九十八枚である。……そこまで出すなら金貨をもう二枚追加して、切り良く白金貨一枚にしろよ。と、思わなくもない。

そんな俺の気持ちを察したのか、ゼニスは頻《しき》りに首を横に振った。

「あかんあかん！　金貨九十八枚で限界やねん!!　もう堪忍《かんにん》してっ!!」

金貨九十八枚でも、十分と言えば十分だ。金貨一枚の価値を分かりやすく日本円に例えると、十万円くらいだと俺は思っている。

金貨九十八枚なら、九百八十万円……。幾ら美肌ポーションの効果が劇的とはいえ、冷静に考えればおいそれと出せる金額ではない。

ちなみに、育毛ポーションの方は金貨四十八枚で買い取って貰えた。頑《かたく》なに切りの良い金額では買い取ってくれないゼニスに、俺は少しばかりイラッとしたが、買取価格としては申し分ないので、文句は呑み込んでおく。

それと残念ながら、コケッコーの卵と肉の買取は拒否されてしまった。ゼニスの商材は基本的に貴族向けの高価なものばかりで、安価な畜産物は取り扱っていないそうだ。

「調味料と大きな家畜を買いたいんだけど、それは仕入れて貰えるか？　お金ばっかり手元にあっても、仕入れ先に心当たりがないから困っているんだ」

「貴族向けの高価な調味料なら大丈夫でっせ。家畜は……ま、モノによりまんな。お高い家畜なら、喜んでご用意しましょ」

お高い家畜ってなんだ？　今のところ、俺が欲しいのは羊か牛だ。もちろん魔物とか獣人ではなく、普通の動物の方である。比較的簡単に増えて、必要な餌も少なくて済むコケッコーと比べると、どちらも間違いなく『お高い家畜』だとは思うが……。

終始、ゼニスに主導権を握られたまま、この後も商談を進めて——結論から言えば、ゼニスには羊と牛の仕入れを拒否されてしまった。

だが、その代わりに、羊や牛よりもお高い家畜を仕入れて貰う。その家畜に関しては、届いてからのお楽しみだ。

「ほな、第三王子はん！　例の家畜を仕入れたら、また来ますわ！　それまでに美肌ポーション、仰山《ぎょうさん》溜めといてなー!!」

商談が終わると、ゼニスは大きく手を振って牧場から転移魔法で去っていった。どうやら彼女は、一度訪れたことがある場所なら、結構な距離を一瞬で移動出来るらしい。魔力は有限なので、一日に転移出来る距離は限られているが、それでも徒歩での移動よりは格段に速いだろう。

ちなみに、転移魔法は極一部の希少な天職を授かっていなければ使えない魔法で、ゼニスの天職は【大魔導士】だと、俺は本人の口から聞いた。

「――アルス、雪が積もってきたわよ。明日は雪掻きが必要かもしれないわ」

外は寒いし、特にやることもないので、俺たちがゲルの中でのんびりと過ごしていると、換気のために入り口の布を捲《めく》ったモモコが、そんなことを伝えてきた。

確認のために外に出てみると、地平線の彼方《かなた》まで粉雪がうっすらと降り積もっており、夕陽を浴びてキラキラと光り輝いている。

過酷な冬になることを予感させる光景だが、今はただ、この美しさを心に焼き付けておこう。

「……綺麗。ルゥ、これ見ながら、お肉食べたい」

ルゥのその言葉に、俺は思わず訝《いぶか》しげな表情を浮かべてしまった。

まるで風情《ふぜい》を楽しんでいるような物言いだが、ルゥはとりあえず、肉を食べる理由が欲しいだけなんじゃ……いや、そういう偏見は良くないよな。実際のところ、この光景を眺めながら食事をとるのは、とても気分が良いだろう。

「ボクの故郷から見る夕方の景色も、すっごく綺麗なんだッピ。アルスたちにも、見せてあげたいッピよ……」

夕日を眺めながら、ピーナは物憂《ものう》げな表情でそんなことを呟いた。もしかしたら、ホームシックになっているのかもしれない。

冬が終わったら、ちゃんと故郷に送り届けてやろう。俺がそう心に決めたとき——頭の中に天啓の如く、第六の牧場魔法の使い方が降ってきた。

それは、牧場内を家畜が過ごしやすい気温に調整する魔法だ。家畜小屋に同じような機能が備わっているので、コケッコーにとっては恩恵が少ないかもしれないが、ゲルで暮らしている俺たちにとっては非常に有難い。

この魔法を使っている間は、じわじわと魔力が減っていくが、俺の魔力はこれでもかと有り余っているので、その点は全く問題なかった。冬の間どころか、一年中でも使い続けることが出来る。

……しかし、冬という大半の生物にとって厳しい季節に、俺たちの牧場だけが過ごしやすい気温になっていたら、この場所を奪おうとする輩《やから》が現れても不思議ではない。それが人か魔物かは分からないが、何にしても危険を招き寄せる可能性は上がるだろう。

今の牧場の広さなら大して目立たないので、問題はないと思うのだが……希望的観測か？　うーん……。これは一度、みんなと相談するべきだな。

「——と、そんな訳で、どうするべきだと思う？」

「そんなの使うべきに決まっているわ！　それを使えば雪も溶《と》けるんでしょ!?　雪掻きってね、物凄く大変なのよ？　特にあたしたち牛獣人はおっぱいが重たいから、重労働をすると余計に肩が凝《こ》るの！」

　モモコは自分の胸を無造作に持ち上げて、その重さを俺に伝えようとしてきた。……はしたないから、やめなさい。

　俺としてはモモコの肩よりも、薄着の方が心配だ。本人は問題ないと言っているが、未だに胸と腰に、牛柄白黒模様の布を巻いているだけの格好をしている。

「……ルゥ、暖かいの、好き。……敵、来ても、ルゥが殺《や》る」

　モモコに続いて、ルゥも俺の魔法で牧場を暖かくすることに賛成した。俺たちの英雄が殺《や》る気を漲《みなぎ》らせているのは、非常に頼もしく思える。

「ボクもポカポカがいいッピ！　でも、敵が来るのは怖いッピよ……。だから、ガンコッコーを増やして欲しいッピ」

　ピーナも賛成だが、同時に戦力の増強も具申《ぐしん》してきた。とりあえず、反対意見は一つも出なかったので、これで決まりだ。

「それじゃ、第六の牧場魔法は使うってことで。それと、ガンコッコーを早めに増やそう」

　しばらくはコケッコーの質を高めるために品種改良を行いたかったが、ガンコッコーの数は牧場の安全と、俺たちの安心感にそのまま直結しているので、先にもう少し纏《まと》まった数を用意しておこう。これでピーナも、安心出来るはずだ。

12話　冬期前半

——不毛の大地が雪に埋もれ、白銀の世界が地平線の彼方まで続いて見える。今日の空模様は快晴だというのに、太陽の熱はまるで感じられず、肌を刺すような寒さだけがこの地を覆っていた。

そんな中、俺たちの牧場では、青々とした牧草が凍えることなく生え揃っており、牧場内は穏やかな気温の空気に包まれている。

「本当に牧場魔法様様《さまさま》だな……。外敵も今のところアシハゼだけだし、とっても平和だ……」

俺は牧草の上で大の字になって寝転び、素晴らしいスローライフを全身で満喫していた。

第六の牧場魔法は冷たい雨風や雪など、牧場内の気温を大きく変化させるような外的要因を弾いてくれる効果もあったので、ここでは頬を撫でるような柔らかい風しか吹かなくなっている。

俺の人生には、山も谷もなくて良い。こういう穏やかな日々が永遠に続けば、それが最良の人生だと思う。

「みんなー！　外に出るッピよー！　草をいっぱい食べて、大きく育つッピー！」

今朝もピーナがコケッコーたちを小屋の外に出して、牧草を食べるよう誘導していた。これが牧場でのピーナの仕事になっており、コケッコーを取り纏める手腕は、既に中々のものとなっている。

一羽のコケッコーが俺の近くで牧草を突き始めたので、俺は何の気なしにそいつを撫でながら、冬期前半の成果を思い返す。

冬が訪れてから、既に一か月以上が経過しており、コケッコーの数は現在、四十羽まで増えていた。それと、生まれたばかりのヒヨッコーの数が十羽だ。

今いるコケッコーのほとんどは、普通のコケッコーよりも身体が一回り大きく、雌は卵を一日に二個も産むようになった。何を隠そう、こいつらは品種改良したエリートなコケッコーの子孫たちなのだ。

雌の数は三十羽なので、一日に得られる卵の数は六十個。その内のおよそ十個は有精卵なので、現状だと一日につき十羽もコケッコーが増えていく。この調子なら、四十羽以上にすることも簡単だが、今はこの数を維持しており、毎日十羽のコケッコーを解体している。

肉はあればある分だけ食べていたルゥも、流石にこれだけの肉を食べ尽くすことは出来ない。

冬場なので余った肉は牧場の外で凍らせて、雪解《ゆきど》けした日に街へ持っていくか、あるいは狼獣人の集落へ持っていくことにしている。

念願叶って、ゲルの中に敷く羊毛の絨毯《じゅうたん》も手に入れたし、着心地のよい若草色の民族衣装も予備を含めて、全員分手に入れたので、衣食住の問題は完全に解決した。

何故かモモコだけは、牛柄白黒模様の服に拘っているので、民族衣装を頑なに着なかったが……その代わりに、狼獣人の集落で作って貰った牛革《ぎゅうがわ》のワンピースを喜んで着用している。かなり丈が短いワンピースなので、俺としては目のやり場に困るが、これでも胸回りと腰回りに布を巻き付けているだけの格好よりは、遥かにマシだろう。

ちなみに、この牛革の出所は何処なのかと言うと、大草原に棲息する牛の魔物から剥ぎ取っているらしい。

——閑話休題《かんわきゅうだい》。コケッコーの飼育を更に大規模に行うのであれば、牧草地を広げて牧場を大きくする必要がある。

であれば、当然のように、牧場の守り手であるガンコッコーの更なる増員は欠かせない。現在は十二羽ものガンコッコーが牧場にいるが、まだまだ増やしていく予定だ。

最近では安定して、一日につき十個のラブが手に入るようになったので、ガンコッコーは一日一羽というペースで増え続けている。

普通のコケッコーから魔物化した初期のガンコッコーよりも、それ以降の品種改良したコケッコーから魔物化したガンコッコーの方が、身体が一回り大きくて強かった。それでも最初の一羽には愛着があったので、こいつには『マック』という愛称を付けている。

敵を見つけるや否や、素早くお尻を向けて卵型の石を発射するので、渾名は早撃ちマックだ。

そんなマックを筆頭にしたガンコッコーたちは、『頭数《あたまかず》も大切だけど質も重要よ！』と主張したモモコの手によって、現在進行形で訓練を課《か》せられている。

「あんたたち！　射撃の基本は集団運用による面制圧よ！　点で当てるんじゃなくて、面で押《お》し潰《つぶ》すことを意識しなさい！　準備して――3、2、1、撃てーっ!!」

モモコの号令のもと、ルゥが牧場の外に作った雪だるま目掛けて、横並びになっているガンコッコーたちが一斉に卵型の石を発射した。雪だるまは原形を保てず、あっという間に崩れ去る。

「よしよしっ、いい感じね！　今度は三段撃ちの練習よ!!　三羽一組で縦に並びなさい!!」

モモコの次の号令によって、軍人のようにきびきびと動くガンコッコーたち。まだ残っている雪だるまは、心なしか怯えているように見えた。

「ルゥ……。お前が折角作った雪だるま、的にされているけど……いいのか？」

俺の横にくっ付いて転寝していたルゥは、こくりと小さく頷いてモモコの所業を許す。

「……いい。モモコ、夜のお肉、分けてくれる」

どうやら買収済みだったらしい。さらばだ、雪だるま。

まあ、哀れな雪だるまの命運に目を瞑《つむ》れば、本当に平和な日常だ。

「ねぇアルス！　そろそろガンコッコーたちに、実戦を知って貰いたいんだけどっ、三羽くらいダンジョンに送り込んでみない!?」

調練を終えて、ガンコッコーたちを牧場の警備に戻らせたモモコは、寝転んでいる俺の隣に座ってそんな提案をしてきた。

「実戦経験なら、アシハゼと戦って積んでいるだろ？　あいつら、毎日来てるし」

「あんなの、的を撃つのと大差ないわよ！　ガンコッコーたちも力を持て余しているみたいだし、やる気は十分なの。それにほら、ダンジョンの魔物を間引きしないと、いつ氾濫するかも分からないじゃない」

確かに、氾濫は嫌だな……。アシハゼは弱いが、数の暴力は恐ろしい。それに、大量のアシハゼが牧場に押し寄せてきたら、生臭さがとんでもないことになりそうだ。

俺はダンジョンを発見した当初から、お宝が欲しいと思っていたので、最初からモモコの提案を却下《きゃっか》する気はない。ガンコッコーの数も安定して増やせるようになったし、ここはモモコの提案に乗るとしよう。

「それじゃ、マックをリーダーにした三羽一組をダンジョンに送り込むか」

俺は早速、マックと適当なガンコッコーを呼び出して、危険を感じたり怪我をしたりしたら即時撤退するよう言い含め、ついでに余裕があったらお宝なり魔物の死体なりを持ち帰るよう頼んだ。

三羽はコケッと力強く頷いて俺に敬礼すると、勇《いさ》ましい足取りでダンジョンへ向かっていった。

――ガンコッコーたちをダンジョンに送り出してから、早くも二時間ほどが経過して、彼らが牧場に帰ってきた。

リーダーを任せていたマックは、誇らしげに胸を反《そ》らしながらの凱旋《がいせん》で、その後ろから付いてくる二羽のガンコッコーが、一生懸命《いっしょうけんめい》に木製の宝箱を運んでいる。

「みんな凄いじゃない！　見てよアルスっ、お宝よ！　お宝!!」

「おおっ、まさか本当にお宝を持ち帰るなんて……！　よくやってくれた！　お前たちは新兵から、一等兵《いっとうへい》に昇格だ！」

俺は家畜ヒールを使ってガンコッコーたちを労《ねぎら》い、それから木製の宝箱を受け取って――あ、ダンジョン産の宝箱だから、罠が怖いな……。牧場の外でマックに開けて貰おう。それで死んだら、二階級特進を約束する。

「……これ、ルゥの美味なもの、入ってる？」

「食べ物は多分、入ってないッピ！　きっとマジックアイテムだッピよ！　ダンジョンの宝箱は、マジックアイテムばっかり入ってるッピ！」

宝箱の中身にルゥも興味を示したが、ピーナが中身はマジックアイテムだと言った途端に、牧草の上に寝転んでスヤスヤと寝息を立て始めた。

この後、マックが俺の指示に従って、牧場の外でビクビクしながら宝箱を開けた。罠の類はなくて、何かあったら家畜ヒールを即座に使おうと身構えていた俺も、ホッと胸を撫で下ろす。

宝箱の中身は、力こぶの印が刻まれている金属製の腕輪――その名も、『腕力の腕輪』だった。

これは俺でも知っている有名なマジックアイテムで、身に着けると腕力が少しだけ増強される代物だ。城で働いているメイドたちは力仕事を楽にするために、これを装備している者が多かった。

日常生活でも戦闘でも役に立つマジックアイテムは、かなり需要《じゅよう》が多いので、およそ金貨十枚くらいの価値がある。美肌ポーションに比べると安価だが……これでも十分、ガンコッコーたちの戦果は大きいと言えるだろう。

「この腕輪は――モモコ、お前にやるよ」

「えっ⁉　あ、あたし⁉　あたしがマジックアイテムなんて、貰っても……いいの……？　本当に……？　後で返せって言われても、返さないわよ……⁉」

「ああ、いざというときは頼りにしてるからな。装備しておいてくれ」

ルゥは腕力が少しだけ増強されても誤差《ごさ》のようなものだろうし、ピーナは完全に戦力外だ。俺も天職が戦闘系ではないので、ここは格闘家のモモコに譲《ゆず》って良いだろう。

「た、頼られてる……！　ただの家畜だったあたしが……頼られて……っ」

狼獣人は種族そのものが精強《せいきょう》で、生まれたときから狩猟本能が備わっており、更には『必ず戦闘系の天職を授かれる』という特性まで持っていた。そのため、牛獣人のモモコは戦力として数えられていなかったのだ。

牛獣人も人間に比べたら身体能力が高いので、俺から見ればモモコだって普通に強いのだが……。

何はともあれ、初めて人から頼りにされている実感を得たモモコは、感極まった様子で瞳を潤ませて、感動をゆっくりと噛み締めるように腕輪を装備する。

マジックアイテムは装備者に合わせて自動的に大きさを変えるので、当然のようにモモコの腕にフィットした。

俺たちの場合、お金は畜産物や美肌ポーションを売って稼げば良いので、これからも戦力を増強出来るアイテムは、どんどん仲間に配っていこう。

「ボク、マックたちの活躍《かつやく》が見たかったッピ！　どんな大冒険をしたのか、とっても気になるッピよ……!!」

ガンコッコーたちを撫でながら、その口に牧草を運んであげていたピーナが、ふとそんなことを言った。

俺としてもマックたちの冒険は気になる。しかし、残念ながら、その口から語らせることは出来ない。品種改良の選択肢にも、流石に『言葉を喋れるようにする』という項目はなかったので、彼らの冒険は彼らだけのものだ。

ガンコッコーの冒険に思いを馳《は》せながら、俺たちがマックを見つめていると、マックは身振り手振りで必死になって、自分の大冒険を俺たちに伝えようとしてくれた。

まあ、当然だがそれで伝わる訳もなく――――ここで突然、俺の頭の中に天啓の如く、第七の牧場魔法の使い方が降ってきた。

その魔法とは、牧場の外に出た家畜の冒険をリアルタイムで、60インチの液晶《えきしょう》テレビに映し出すというもの。音もしっかりと拾ってくれるようで、更にはマイクを通して、こちらの声を家畜に届けることまで出来るようだ。

肝心のテレビとマイクは、魔法を使えば現物が出てくるようなので、俺は早速ゲルの中に設置することにした。

いざ設置した液晶テレビは薄型で、前世の記憶の中にある家電製品にしか見えないが、電力は必要ない。その代わりに必要とされるのは、やはりと言うべきか俺の魔力だった。

「アルス……また変な魔法を使い始めたわね……。こんな魔法、見たことも聞いたこともないわよ」

「ピー？　これにマックたちが映るッピ？　一体どういう仕組みッピ？」

モモコは呆れつつも、もう慣れたと言わんばかりに苦笑して、ピーナは興味津々《しんしん》でテレビをぺたぺたと触っている。

まあ、仕組みとかは全て、『魔法だから』の一言で納得するしかない。それが、ファンタジー世界というものだ。

次にガンコッコーたちをダンジョンへ送り込むときは、このテレビを使って彼らの冒険を見守るとしよう。

13話　冬の遊び

牧場の外に降り積もった雪を見ていると、このまま雪遊びをせずに冬を過ごしても良いものかと、悩ましく思えてくる。

俺は精神的に大人だが、肉体的にはまだまだ遊びたい盛りの十四歳だ。

子供でいられる時間はそう長くはないので、冬の間に一度くらいは雪遊びに興《きょう》じて、思い出を作っておかなければ勿体ないかもしれない。

「――と、いうことで、雪遊びをしようと思う。みんな、準備はいいか？」

俺はゲルの外に、モモコ、ルゥ、ピーナの三人を集めて、雪遊びをすると宣言した。今日は雪がやんで晴れているので、絶好の雪遊び日和《びより》だ。

「別にいいけど、アルスはどうして緊張しているのかしら？　遊ぶだけなのに、何だか口調が硬いわよ」

モモコに妙な指摘をされて、俺は自分自身が緊張していることを自覚する。

友達と遊ぶなんて、今世では初めてのことだし、前世でも社会人になってからは仕事が忙し過ぎて、遊ぶ時間なんてなかった。

余りにも久しぶりのことなので、友達と遊ぶときの態度が分からなくなっているのだ。身も心も子供だった頃は、近くに同年代の子供がいれば、名前を知らなくてもすぐ友達になれたのに……。

大人になると、子供の頃は当たり前のように持っていたコミュニケーション能力を失ってしまうらしい。

「まあ、俺の緊張は気にしなくていい。それより、この辺りでの雪遊びと言ったら、何をするのが定番なんだ？」

「ピー……？　ボクたち鳥獣人は、冬に何かして遊んだりはしないッピ。山脈はすぐ吹雪《ふぶき》になるから、お家の中で過ごすッピよ」

ピーナはそう言って、山脈の方に目を向けながら心配そうな表情を浮かべた。今頃、同じ氏族の仲間がどうしているのか、気になっているのだろう。ピーナの家族も、無事に冬を過ごせているといいな。

「……アルス、ソリで遊ぼう？　あれ、楽しい」

「ああ、ソリか。狼獣人の集落で貰ったやつがあるから、こっちでも遊べるな」

俺はルゥの提案を採用して、ゲルの隣に放置していたソリを持ってきた。これは木組みの簡素なソリで、解体してあるゲルを持ち運べるくらいの大きさはあるので、みんなで乗ることが出来る。

と、ここで、モモコがソリと放場の外の景色を見比べて、俺も薄々気が付いていたことを言う。

「ソリで遊ぶのはいいけど、こっちには小高い丘が見当たらないから、滑り甲斐《かい》がなさそうね……」

不毛の大地は何処までも平坦なので、ソリを滑らせるには誰かに牽引《けんいん》して貰う必要がある。

「よし、ガンコッコーたちに一働きして貰おう。マック！　出番だぞ！」

俺が呼び出すと、マックは仲間たちを引き連れて、駆け足で俺たちのもとまでやってきた。

こうして、俺たちはガンコッコーが牽引するソリで、牧場の外周を走り始め——一分も経たない内に、俺は早くも撤収したくなってしまう。

今日は晴れているから、多少は暖かいと思ったのに、全然そんなことはない。牧場内の気温は高いので、冬という季節の恐ろしさを忘れていた。

身体を丸めて手の平に吐息を当てることで、ほんの少しでも暖を取ろうと試みるが、体温はどんどん下がる一方だ。

俺が着ている民族衣装は、寒さに強い狼獣人の集落から仕入れたものなので、あんまり厚手ではない。こんな格好で手袋やマフラーもないまま外に出るのは、自殺行為だったかもしれない。

ガンコッコーが牽引するソリの速度は、自分で走るよりも遅いくらいだが、それでも多少は風が吹き付けてくるので、寒さに拍車《はくしゃ》が掛かっている。

「ピッ⁉　大変だッピ！　アルスが震えてるッピよ‼」

「ちょっ、アルス！　大丈夫なの⁉　今日はそこまで寒くないわよ⁉」

俺は思わず、宇宙人を見るような目をモモコに向けてしまう。今日は寒くないって、嘘だろ……？

俺の鼻水、段々と凍り始めてるけど……。

もう帰ろうと言いたいのに、寒過ぎて上手く声を出せない。

「……アルス、寒そう。ルゥ、アルスのこと、ぎゅってする」

ルゥが気を利かせて、俺の身体を温めるべく抱き着いてくれた。

モモコとピーナも後に続いて、俺はみんなの体温に助けられ、ようやく声を出せるようになる。

「お、俺に、この遊びは、早過ぎた……。もう、帰ろう……」

「分かったわ！　撤収っ、みんな撤収よ‼　急ぎなさいッ‼」

モモコが大声でガンコッコーたちに指示を出して、俺たちはすぐに牧場へ帰還した。

もう二度と、真冬に雪遊びなんてしないと、俺は心に固く誓《ちか》う。それから、モモコ印のホットミルクを飲んで一息吐き、俺はふと気になったことをピーナに尋ねる。

「さっき気が付いたんだけど、ピーナって獣人なのに体温が低いのか？　それが鳥獣人の平熱ならいいんだけど、体調が悪いなら言ってくれよ」

「体調はいいッピよ！　これが鳥獣人の平熱だッピ！」

ピーナの返事を聞いて安心したが、一応家畜ヒールを掛けておく。

こうして、俺の初めての雪遊びは残念な結果に終わり——ドスン、ドスンと、いきなり地面が軽く揺れ始めた。

「……アルス、敵来た。魔物。あんまり、強くない。……けど、アシハゼより、ずっと強い」

「ルゥを基準にした『あんまり強くない』って、幅が広そうで反応に困るな」

ルゥは逸早《いちはや》く敵の存在に気付いたが、その表情に焦りはない。そのため、俺も然《さ》して焦ることなく言葉を返せた。

冬は魔物も大人しくなると聞いていたので、予想外と言えば予想外だが、どうあってもルゥが対処出来そうなので心に余裕がある。

「ちょっと！　悠長《ゆうちょう》にしている場合じゃないでしょ!?　アシハゼよりずっと強いならっ、ガンコッコーじゃ対処出来ないかもしれないじゃない!!」

モモコが俺たちの緩い雰囲気に活《かっ》を入れて、勢い良く立ち上がり、俺とルゥの手を引っ張って外に出た。

後ろから、ピーナの『頑張れッピー！』という声援が聞こえてくるので、『任せとけー！』と伝えて手を振っておく。

まあ、任せる相手は俺じゃなくて、ルゥだけど……と思ったのだが、事態は予測出来なかった方向に進む。

牧場の中に侵入していたのは、かなりお腹が出っ張っている白熊《しろくま》だった。そいつは二足歩行で立っており、体長が四メートルほどもある。この時点で普通の白熊ではないのだが、特筆すべき点は力士のような回し姿《すがた》であることだ。

「で、出たーーーっ‼　あれは冬の風物詩《ふうぶつし》‼　スモウベアーっていう魔物よ‼」

「ふぅん……。雪が降る季節に現れるから、スノウベアーって名前なのか？」

「違うわ！　スノウじゃなくて、スモウよ‼　どすこい、どすこい、はっけよーい、のこった！の、スモウよ‼」

「あ、ああ、相撲《すもう》か……。この世界にもあるんだな、相撲」

解説のモモコさんが白熊を指差して、その魔物の名前を丁寧に教えてくれた。しかも、更なる情報を俺にもたらしてくれる。

「スモウベアーには幾つかの階級があるんだけど、あの大きさは間違いなくヨコヅナね……！とっても手強いわよ……‼」

横綱《よこづな》と言えば、力士《りきし》の番付《ばんづけ》において最高位の称号だ。あのスモウベアーからは、確かに歴戦《れきせん》の力士の気配が感じられる。こいつの張り手なら、ダンプカーが真正面から突っ込んでくるくらいの破壊力がありそうだ。

……しかし、それでも、ルゥより強いとは毛ほども思えなかった。

「手強いって言っても、俺たちにはルゥがいるし、楽勝だろ」

そう言って俺が肩を竦《すく》めてみせると、モモコは深刻そうな表情で頭を振った。

「残念だけど、ルゥは女の子だから、スモウベアーとは戦えないわ……。ほら、あの魔物の足元に土俵《どひょう》があるでしょ？　あそこには、真の益荒男《ますらお》しか立つことが許されないの」

俺はモモコが指差す場所、スモウベアーの足元に目を向ける。すると、確かに土俵が存在していた。俺の牧場に土俵なんて必要ないので、早いところ撤去して貰いたい。

ちなみに、スモウベアーは紛《まご》うことなき侵入者なので、牧場の警備員であるガンコッコーたちは総攻撃を開始しているが、見えない壁が土俵を覆っているようで、全ての攻撃が弾かれていた。

あの土俵は一種の結界魔法で、男が土俵に立たない限り、スモウベアーとは戦えないということだ。

「ええっと……スモウベアーもお腹が減るだろうし、土俵から出てくるのを待って、袋叩きにすればいいんじゃないか？　わざわざ相手の土俵で戦ってやる必要はないだろ」

「アルスっ！　あんたそれでも漢《おとこ》なのッ⁉　そんなのヨコヅナに失礼でしょ⁉」

俺は至極当然の対処方法を提案したのに、何故かモモコに叱られてしまった。

理不尽だと思いつつも、俺が文句を呑み込んで溜息を吐いたところで、モモコは『それに――』と前置きして言葉を続ける。

「スモウベアーは倒されるまで、ああしてずっと四股《しこ》を踏み続けるわよ」

四股を踏む。それは足を上下させて、土俵を力強く踏み締める動作を指す言葉だ。スモウベアーの体格から繰り出される四股踏みは、ドスン、ドスン、と地面を揺らして、牧場全体を軽く振動させている。

……おい、普通に迷惑だな。これだけなら、俺たちに命の危険はないが、煩いので放っておきたくはない。

だが、俺が戦うというのも無理な気がする。ルゥよりも遥かに格下だが、俺よりは全然強そうだ。

「仕方ないな、マック！　出番だぞ！」

マックは俺の方を振り向き、コケッと一鳴きして力強く頷いた。家畜といえども魔物は魔物。体格差が四倍以上ある相手にだって、マックは闘争心を剥き出しにして、怯むことなく挑んでくれる。

土俵に立ったマックは、スモウベアーと対峙して睨み合い――――何故かモモコが、『はっけよーい！　のこった！』と開始の合図を出した。

ちなみに、『はっけよい』とは一説によると『発気揚揚《はっきようよう》』が語源で、『しっかりやれ！』と発破《はっぱ》をかける言葉であり、『のこった』とは『どちらが残るか』という意味の言葉だ。

開始早々、マックはお得意の早撃ちを繰り出すが、スモウベアーは目にも留まらぬ速さで突っ張りを連発し、手の平の壁を作って卵型の石を粉砕する。

卵型の石は銃弾のような速度で飛来するので、スモウベアーには目視出来ないようだが、数を撃てば当たると言わんばかりの防御方法だ。

一応、スモウベアーの防御は鉄壁《てっぺき》という訳ではなく、傍《はた》から見ていると隙《すき》がある。しかし、マックは相手にお尻を向けなければ攻撃出来ないので、隙を見つけることが出来ない。

スモウベアーは突っ張りの連発による防御を維持《いじ》したまま、鈍重な動きで一歩ずつマックに近付いていく。

「マックっ、このままだと危ない‼　土俵際を回って逃げに徹するんだ‼」

マックは俺の指示に従って攻撃を中止し、慌てて土俵際を駆け回り始めた。

スモウベアーの弱点は足が遅いことと、遠距離攻撃の手段を持たないことだろう。このままマックが逃げ回って、少しでもスモウベアーの体力を消耗《しょうもう》させられれば御《おん》の字《じ》だ。

と、俺がそう思った矢先、モモコが注意を飛ばしてくる。

「まずいわ！　攻撃の手を休めると、四股を踏まれるわよ⁉」

四股を踏まれることの何がまずいのか、俺には分からなかった。だから、思考に束《つか》の間《ま》の空白が生まれる。

スモウベアーはそのタイミングで、モモコが危惧《きぐ》した通りに四股を踏んだ。すると、土俵が大きく揺れてマックが転倒してしまう。

「くそっ、そういうことか……!! 牧場全体を軽く揺らすほどの四股踏みなら、奴の近くの地揺れは相当なものになる!! そんな中で走っていたら、転んで当然だ！」

俺は思わず、説明口調で声に出して分析《ぶんせき》してしまった。その間にスモウベアーはマックとの距離を詰めて、強烈な張り手でマックを土俵の外に吹き飛ばす。

「ああっ、マック、マック！ しっかりしなさい！ 傷は浅――くないわね!? 致命傷《ちめいしょう》だわ!!」

「……アルス。マック、もう駄目。食べよう？」

逸早くマックに駆け寄ったモモコとルゥだが、二人ともマックは助からないと判断した。ルゥに至っては、既にマックの焼き肉を頭の中に思い浮かべて、涎を垂らしている。

牧場のために戦ってくれたマックを食べるのは忍びないので、俺は家畜ヒールをマックに掛ける。モザイク処理が施《ほどこ》されるくらい、ぐちゃっとして再起不能《さいきふのう》に見えていたマックだが、一瞬で完全回復した。

「今の、どう見ても致命傷だったのに、治っちゃうのね……。凄いを通り越して、恐ろしく思えてきたわ……」

モモコが家畜ヒールの効果に慄いている最中、俺はガンコッコーを一羽ずつ、両脇に挟んで抱え上げた。そして――

「よし、ヨコヅナ。今度は俺が挑戦者だ」

意を決して土俵に立ち、俺自身がスモウベアーと対峙《たいじ》する。

後ろではモモコたちが驚愕して、やめた方が良いと声を掛けてくるが、俺には既に勝ち筋が見えていた。

俺が両脇に抱えているガンコッコーは、俺とは反対側を向いている。それがどういうことなのかと言えば――

「こういうことだ!! 撃てっ、ガンコッコー!!」

俺がスモウベアーを目視している状態で、二羽のガンコッコーはスモウベアーに卵型の石を発射した。

これで、ガンコッコーの『精密《せいみつ》射撃が出来ない』という弱点を帳消《ちょうけ》しに出来る。

スモウベアーはマックと戦ったときと同じように、突っ張りを連発して手の平の壁を作るが、俺は身体の角度を調整して、ガンコッコーのお尻の向きを変えた。

狙いは当然、スモウベアーの防御の隙となっている場所で、卵型の石がスモウベアーの身体に次々と着弾していく。

「凄いっ、凄いわアルス‼　この勝負っ、勝てるわよ‼」

「……頑張れ。……頑張れ。……スモウベアー、食べよう」

モモコとルゥの声援と共に、いつの間にか集まっていたコケッコーたちも、コケコケと騒いで応援（?）してくれている。

分厚い脂肪《しぼう》に守られたスモウベアーの耐久力は中々のもので、持久戦だとガンコッコーのお尻が先に音《ね》を上げるはずだったが、俺には家畜ヒールがあるので問題ない。

スモウベアーは苦し紛れに防御をやめて、捨て身の四股踏みをするが、きちんと奴を目視している状態であれば、その振動はジャンプで避けられる。

――こうして、俺はスモウベアーに打ち勝ち、騒音被害を解決することに成功した。

歓声が巻き起こる中、撃破したスモウベアーを牧場魔法で解体してみると、直径が四メートルもある巨大な『ちゃんこ鍋《なべ》』が出てきた。

メインの具材は大量の熊の肉で、野菜も盛り沢山の豪華な料理だ。辛味噌《からみそ》ベースの汁が身体を温めてくれて、この冬一番の贅沢《ぜいたく》な食事を俺たちは堪能《たんのう》することが出来た。

14話　冬期後半

――俺が第七の牧場魔法を使えるようになってから、早いもので数週間が経過していた。

冬がそろそろ終わりそうな現在。俺たち四人はゲルの中で、最近の日課になりつつあるガンコッコーたちの冒険を、リアルタイムで見守っている。液晶テレビの映りは良好だ。

「そこっ！　その通路でクロスを組んで待ち伏せしなさい!!　十字砲火《じゅうじほうか》で敵を一掃するのよッ!!」

訂正《ていせい》。モモコだけは白熱した様子でマイクを握り締めて、ガンコッコーたちに大声で指示を飛ばしていた。最初の頃はモモコも黙って見守っていたのだが、ガンコッコーたちの非効率な戦い方に痺《しび》れを切らして、こうしてマイクを握るようになったのだ。

今ではダンジョンに送り込むガンコッコーの数が六羽まで増えており、日々モモコの指揮のもと、完璧な連携《れんけい》でアシハゼの頭を撃ち抜きまくっている。

ガンコッコーがアシハゼに負けることは皆無《かいむ》なので、戦闘面では順調と言えば順調だが、落とし穴や壁から矢が飛び出すような罠によって、犠牲《ぎせい》が出ることは多少なりともあった。

それでもガンコッコーたちは、毎日のようにダンジョンへ赴《おもむ》くことを熱望している。彼らは俺に従順な牧場の家畜だが、魔物としての闘争本能もしっかりと有《ゆう》しているので、ダンジョンで敵と戦えることは本望なのだろう。

ダンジョン内は複雑に入り組んでいる洞窟《どうくつ》のような地形で、現在は第一階層の地図を埋《う》めている真っ最中だ。既に第二階層へと下りる階段を見つけているが、第一階層の地図作りを優先しているので、そちらの探索《たんさく》は行っていない。

「ピーっ！　怖いッピ！　頑張れッピ！　ああっ、見てられないッピよ！　でも頑張れッピぃ！」

ピーナはガンコッコーたちを応援しながらも、戦闘シーンは翼で顔を覆い隠して見ないようにしている。まだまだ子供なので、ショッキングな映像には耐性《たいせい》がないのだ。

ちなみに、程良い大きさの木板にダンジョンの地図を描き込む仕事は、ピーナが率先して行っている。

「……もぐもぐ。アルス、これ美味。……一緒に、食べる？」

ルゥはガンコッコーたちの冒険を鑑賞《かんしょう》しながら、呑気《のんき》にコケッコーの干し肉を食べていた。最近は食料が有り余っているので、小腹が空いたときのために、常に何かしら用意してある。この干し肉もその一つで、しかも品種改良によって肉質を向上させたコケッコーの干し肉だ。

現在、ガンコッコーの数は三十羽まで増えたので、戦力は一先ずこれで十分だと判断して、俺は再びコケッコーの品種改良に取り組み始めた。それと、ガンコッコーが増えたことで牧場の警備体制が強化されたので、飼育しているコケッコーの数も増やしてある。

今のところ、牧場にいるコケッコーの数は六十羽。その内のおよそ半数が、肉質、体格、産卵量、卵の質、羽毛の質がそれぞれ一段階ずつ上がっている最新の品種なので、もう数日もすれば全てのコケッコーが最新の品種に入れ替わる予定だ。

品種改良によって手を加えた部分、そこを更に改良しようと思ったら、それぞれにラブが百個ずつ必要なので、とりあえず冬の間に行う品種改良はここまでにしておく。

魔物化した後の強さを底上げするために、筋力や素早さも向上させようかと考えていたが、魔物化していない家畜は俺の指示に必ずしも従う訳ではないので、飼育に危険が伴う可能性を考慮してやめておいた。

家畜の数が増えたので、牧草地を広げて家畜小屋も増築してある。ダンジョンへ送り込んでいるガンコッコーの数を差し引いても、警備員として働いているものが二十四羽もいるので、今の牧草地は俺たちの住居を中心に、半径五十メートルほどまで広げていた。

「俺は夜に沢山食べるから、間食はしないぞ。……それよりも、ルゥ。お前ちょっと、太ったか？」

「……ん、そうかも。身体、ちょっと重い」

俺が言った『ちょっと』という表現は大分控え目で、今のルゥは完全無欠のぽっちゃりさんだ。

冬の間、ルゥは来る日も来る日も食べられるだけ食べて、眠れるだけ眠っている。そんな生活を続けていたら、太るのは当たり前だろう。スモウベアーのちゃんこ鍋だって、ルゥは俺の十倍以上も食べていたからな……。

最近では雪解けしたときに、狼獣人の方から物々交換を求めて、俺たちの牧場にやってくるので、こちらから大草原へ赴く必要がなくなった。それはつまり、ルゥが運動をする機会が一つ失われたということで、ルゥの横綱化に拍車を掛けている。

早くどうにかしないと、俺たちの英雄が丸くなり過ぎて、いつの日か動けなくなるかもしれない。

……まあ、冬が終わったらピーナを故郷に送り届けるから、その旅路《たびじ》がルゥのダイエットになることを期待しよう。

「——第三王子はん！　お待ちかねの調味料と家畜っ、持ってきたでー!!」

もうすぐピーナが牧場から去ることを思い出して、俺が少しだけしんみりしていると、外から俺を呼ぶゼニスの声が聞こえてきた。待ちに待った新しい調味料と家畜を運んできてくれたようだ。

「遅かったのか早かったのか、よく分からないな。転移魔法ありきで考えるなら、随分と遅かった気もするが……」

外に出た俺がそう声を掛けると、ゼニスは心外だというように頭を振る。

「イヤやわー。ウチ、これでもめっちゃ急いだんやで？　他の商談もあるから、第三王子はんに掛かり切りとはいかんけど、美肌ポーションを供給してくれる第三王子はんは上客《じょうきゃく》やからな！」

美肌ポーションの評判は上々だったらしい。一本幾らで売《う》り捌《さば》いたんだと俺が尋ねたら、ゼニスは露骨《ろこつ》に目を逸らして、わざとらしく口笛を吹き始めたので、相当儲《もう》けたのだと察する。

とりあえず、来客用のゲルにゼニスを案内してから、新しい家畜の話をするとしよう。

ちなみに、狼獣人たちに新しくゲルを二張り交換して貰ったので、牧場には来客用のゲルの他に、物置用のゲルも用意してある。

ゼニスは冬の間に色々と増えた牧場を目にして、困惑しつつも感心したように頷き、新たな商材は転がっていないかと視線を巡《めぐ》らせ、魔物が牧場を守っていることに驚愕していた。牧場内の過ごしやすい気温にも興味津々で、あれやこれやと根掘《ねほ》り葉掘《はほ》り聞かれたが……まあ、ゼニスは味方にしておきたいので、全て説明しておくか。

信頼を得るためには、まずこちらから胸襟《きょうきん》を開く。それが俺の方針だ。

……大商人を相手に面倒な駆け引きをしたくないとか、そんな横着《おうちゃく》をしている訳ではない。本当だ。

「ほんなら、早速やけどウチが持ってきた家畜、見せたろか」

そう言ってゼニスが絨毯の上に置いたのは、今まで彼女が背負っていた四十センチほどの大きさの木箱だった。

俺はゼニスに促されて、その木箱の蓋をそっと開ける。すると、中には作り掛けの蜂《はち》の巣と、体長が十センチほどの冬眠している女王蜂が入っていた。

「おおー……。これがハッチーか……」

一般的に、この世界の蜂は『ハッチー』と呼ばれている。そんなハッチーには幾つかの種類が存在しているのだが、ゼニスが持ってきたハッチーはその中でも特別だった。

「ただのハッチーとちゃいまっせ。こいつはな、ジュエルハッチーの女王様や。色とりどりの宝石みたいに、すっごく綺麗な蜂蜜《はちみつ》を作ってくれる家畜で、この国に現存する家畜の中だと、値段も飼育難易度もいっちゃん高いんやで」

「改めてそう言われると、緊張してきたな……」

俺はゼニスの言葉を聞いて、固唾《かたず》を呑みながら新しい家畜を観察する。

このジュエルハッチーの女王様は、お腹をぱんぱんに膨《ふく》らませており、沢山の卵を抱えていた。

冬眠から目覚めたら、すぐにでも働き蜂を増やして、蜂蜜を一生懸命に集めてくれるのだろう。

ここで問題となるのは、ジュエルハッチーの女王様はとてもグルメで、魔力を豊富に含む花の蜜しか口にしないことだ。しかも、同じ花の蜜ばかりでは食べ飽きてしまうので、数種類の花が必要になる。

魔力を豊富に含む花、それも数種類となると、普通なら用意するのは難しい。自然界でそんな花が咲くような場所は、魔素が濃い危険な土地と相場《そうば》は決まっている。

そんな土地には当然のように、沢山の魔物が棲息しているが……しかし、ジュエルハッチーは毒針を持っていないので、自衛手段がない。この時点で、もはや独力で生きていくことが難しい生物だと、理解出来てしまう。

更に問題はもう一つあった。花の蜜を求めて魔素が濃い土地で飼育していると、いつかジュエルハッチーそのものが魔物化してしまうのだ。魔物化したハッチーは基本的に肉食なので、花の蜜を集めなくなる。言うまでもないが、こうなると全てが台無しだ。

――これらが、ジュエルハッチーの飼育難易度が非常に高いと言われている所以《ゆえん》だった。

……まあ、俺には牧草を生やす第一の牧場魔法があるので、ジュエルハッチーの一般的な飼育問題は関係ない。今までは特に変える必要もなかったので、シバという牧草を生やし続けていたが、俺はシロツメクサやシロガラシなど、花をつける牧草も生やすことが出来るのだ。

「ほな、お支払いをお願いしよか！　美肌ポーションと育毛ポーションでの分割払いも受け付けるで！」

ゼニスが提示したジュエルハッチーのお値段は、なんと白金貨三十枚。

これだけのお金があったら、羊、牛、豚といった普通の家畜を沢山買えて、牧場もあっという間に大きく出来そうだが……別に、急いで大きくする必要はないと思っている。

家畜は安定した生産性を持たせられるまで、のんびりと一種類ずつ面倒を見ていくのが、俺の性に合っているだろう。

「一括払い出来るぞ。美肌ポーションと育毛ポーションを二十本ずつ用意してあるんだ。受け取ってくれ」

俺はこの日のために溜め込んでいたポーションをゼニスに手渡した。大きな買い物なので、俺の手は若干震えているが、後悔はない。大切に育てて、必ず数を増やそう。

ダンジョンは成長すると、内部構造だけではなく、内部にいる魔物たちの生態系も変化するので、このポーションバブルがいつまで続くのか分からない。その辺りを肝に銘じておかなければ、身を持ち崩しそうだ。

「第三王子はん……。これだと金貨八十枚分、足りへんで！」

……このポーションで結構稼いだ癖に、買取価格が美肌ポーション金貨九十八枚、育毛ポーション金貨四十八枚なのは変わらないらしい。

俺が渋々と美肌ポーションを一本追加すると、ゼニスはだらしない笑みを浮かべながら、それを袋に仕舞《しま》う。

「ゼニス、差額の金貨十八枚はしっかりと返してくれよ。銅貨一枚だって、まけないからな」

「なんやそれくらい、第三王子はんはケチやなー」

「お前にだけは言われたくない！」

ゼニスに一番言われたくないことを言われたので、俺は思わず声を荒らげてしまった。が、ジュエルハッチーが起きてしまわないか心配になり、慌てて口を押さえる。

とりあえず、調味料の購入が終わったら、新たな種類の牧草地を広げて、そこにジュエルハッチーを住まわせよう。針を持っていないジュエルハッチーなら、近くで放し飼いにしても問題はないはずだ。

「それにしても、ただでさえハッチーを育てるんは難しいのに、最初っからジュエルハッチーを育てようなんて、ほんまに第三王子はんは物好きやな」

「おい、今更何を言っているんだ……？　こいつを勧めてきたのは、他の誰でもないゼニスだろ」

「いやぁ、どうせ断られると思ったんよ？　ウチはこんだけの金額が動く家畜しか調達しないって、そう伝えたかっただけなんや」

随分とお高く留まった商人だな……。まあ、ここはネガティブに捉えず、そんな商人が持ってきた調味料は嘸《さぞ》かし良いものなのだろうと、期待することにしよう。

15話　冬の終わり

ゼニスは俺との商談を恙《つつが》なく終わらせて、ご機嫌な様子で牧場から去っていった。そして、その日の夜――俺たちは新しい調味料の味見をするべく、ゲルの中で輪になっていた。

「それで、これがあの商人から買い取った調味料なのね……？　話には聞いたことがあるけど、あたしは塩以外の調味料の味なんて知らないから、何だかドキドキしちゃうわ……」

「……これ、美味なもの？　においい、凄くいい」

モモコとルゥが小皿に載せてにおいを嗅いでいるのは、イデア王国南部に位置するショッパイーナ男爵《だんしゃく》の領地で生産された香味醤油《こうみじょうゆ》だ。

とても香り高くて、舌先に載せる前から品格を漂わせており、実際に味わってみると、優しい仄かな甘味と上品なコクがあった。この味を知ってしまうと、もうしょっぱいだけの醤油は使えなくなってしまう。

この醤油の真価が発揮されるのは、手持ちの食材から鑑《かんが》みるに、唐揚げかアシハゼのお刺身《さしみ》だと俺は確信している。

唐揚げの方は下拵《したごしら》えとして、コケッコーの肉を香味醤油に漬け込みたいので、すぐには食べられない。だから、今日はアシハゼのお刺身を食べてみようと思う。

「これ、生で食べても大丈夫ッピ……？　ボク、お魚は生で食べたら駄目って、聞いたことあるッピ……」

俺が木皿に載せて出したアシハゼのお刺身に、ピーナは尻込みして怯えた表情を向けた。山脈の麓には川があって、鳥獣人たちはそこで獲れる魚を食べるそうだが、生食《なましょく》は禁止されていたらしい。淡水魚《たんすいぎょ》には海水魚よりも危険な寄生虫《きせいちゅう》がついていることが多いので、禁止されるのは当然だろう。

「このアシハゼに関しては、鮮度が良ければ大丈夫だ。仮にお腹を壊しても、家畜ヒールで回復出来るし、心置きなく食べていいぞ」

どうして大丈夫だと言い切れるのかと言えば、俺が既に実食済みだからだ。前世の記憶に突き動かされて、どうしてもお刺身を食べたくなる日があったのだ。ハゼのお刺身が絶品だということも知っていたので、自制することが出来なかった。

そのときは醤油がなかったから、お刺身を食べても物足りない気持ちを抱くことになったのだが……、今日からそんな気持ちとはおさらばだ。

鮮度に関しても、夕方頃にガンコッコーたちが調達してきたものなので、問題はないだろう。

「――あっ、本当に美味しいわね！　あたしはコケッコーのお肉の方が好きだけど、お魚もすっごく美味しいわ！」

「……もぐもぐ……もぐもぐ……。ルゥも、お肉が好き。でも、これも美味。……もぐもぐ」

お刺身に対するモモコとルゥの評価は上々だった。しかし、牧場魔法によって生やした牧草を食べさせて、品種改良によって肉質まで一段階向上させているコケッコーの肉には、残念ながら勝てないようだ。

俺もお刺身を香味醤油につけて食べてみたが、確かに塩を振り掛けただけのコケッコーの肉の方が、どうしても美味しく感じてしまう。調味料の味は、塩よりも香味醤油の方が勝《まさ》っているのだが、コケッコーの肉という食材が余りにも強過ぎた。

「まあ、肉ばっかりじゃ飽きるし、たまに食べる一品としては申し分ない味だな」

香味醤油の味に満足した俺たちは、続いての調味料に目を向けた。――それは、同じ重さの金と取引されている胡椒だ。

一年中暖かい場所でしか育たない胡椒は、季節によって暑かったり寒かったりするイデア王国では育たない。そのため、国外からの輸入に頼る他なく、価値が跳ね上がっているのだ。

実は今回の取引が終わった後、俺はゼニスに『調味料としての胡椒』だけではなく、『つる性植物の、育てられる状態になっている胡椒』も仕入れて欲しいと頼んでおいた。

一年中暖かい場所で育つというなら、この牧場でも育てられるかもしれない。これは胡椒だけではなく、他の作物にも同じことが言える。今は乾燥野菜を街で買っているが、新鮮な野菜を自給自足出来るなら、それに越したことはない。

「この胡椒って、何につけて食べるッピ？　何だかこれ、においを嗅いでると鼻がムズムズして――ピッ、ピィッ、ピッ、ピックしょん!!」

ピーナがなんとも独特なくしゃみで、小皿に載せていた胡椒を吹き飛ばしてしまった。……それ、同じ重さの金と同等の価値があるからな。お願いだから、もっと慎重に取り扱ってくれ。

「これは……舐《な》めてみたけど、舌がピリピリする感じ？　初めての味だわ……。香りはいいけど、これなら醤油の方があたしは好きね」

「……美味、じゃない。微妙……？」

モモコとルゥは胡椒の辛《から》さに戸惑い、特に旨味も感じなかったため、頻《しき》りに首を傾げていた。

胡椒だけを舐めたら、そんな反応にもなるだろう。この調味料は、塩と混ぜ合わせて塩胡椒にしたときに、その真価を発揮するのだ。

明日の夜、香味醤油で味付けした唐揚げと一緒に、塩胡椒で味付けした唐揚げも用意して、みんなを驚かせてやろう。

「――さて、最後の調味料はコレだ。一味唐辛子《いちみとうがらし》って言うんだけど、味見はしない方がいい。胡椒の舌がピリピリする感じの、百倍はヤバイからな」

輪になって座るみんなの真ん中に俺が置いたのは、透明な硝子瓶《ガラスびん》に入っている粉末状の唐辛子だった。これはなんと、火を噴く植物系の魔物から採れる調味料で、俺が知る普通の唐辛子よりも三倍は辛い。

この『辛い』という刺激に慣れていない面々は、これ単体の味見をするべきではないだろう。……どうしても、と言うのであれば、止めはしないが。

「ぼ、ボクはやめておくッピよ！　胡椒だけでもビクビクッてなったッピ！　あれの百倍なんてっ、死んじゃうに決まってるッピぃ！」

「こんなに真っ赤な粉を人類で最初に食べた人って、絶対に頭がおかしい人だったわよね……？だってこれ、どう見ても食べ物には見えないもの……」

ピーナとモモコが一味唐辛子を危険物だと認識して、結構な距離を取った。しかし、ルゥだけは何の躊躇《ためら》いもなく瓶の中に指を入れて、一味唐辛子を一摘まみする。そして、そのまま自分の口に運び——

「…………きゅぅ」

目を回して、呆気なく気絶してしまった。どうやら英雄にも、弱点はあったようだ。

こうして、調味料の味見を楽しんだ次の日——

牧場の一角に新しく追加したハッチー専用の飼育区画で、俺たちは無事に活動を開始したハッチーの女王様を見守っていた。

「むしゃむしゃ……。この草も美味しいわね。花の部分も中々……むしゃむしゃ……。うんっ、イケるわ！　合格よ‼」

俺の隣では、モモコが花をつけた牧草をむしゃむしゃと食べている。俺には牧草の味なんて分からないが、牛獣人のモモコが『合格』と太鼓判《たいこばん》を押す牧草なら、きっとハッチーも喜んでくれるだろう。

牧草が咲かせる花はシロツメクサが白色、シロガラシが黄色、ルピナスが青色、ベニバナツメクサが赤色となっており、どれも飼料になる植物というよりは観賞用というイメージが強く、この区画は目の保養《ほよう》になっていた。

これらの牧草は作物を育てるための緑肥《りょくひ》にもなるので、定期的に不毛の大地を耕《たがや》して、土壌《どじょう》作りも始めようと思う。狼獣人のところから肉を対価に労働力を借りれば、それなりに大きな畑を作れるはずだ。

「……アルス。美味なもの、いつ出来る？」

「うーん……。それはハッチーの頑張り次第だな。応援してあげれば、それだけ早く出来るかもしれないぞ」

ルゥは俺の言葉を聞いて小さく頷き、瞳を輝かせながら腕を小さく上下させて、女王ハッチーの応援を始めた。どうやら我が家のぽっちゃりさんは、冬の間に暴食の限りを尽くしたというのに、まだまだ食べ足りないらしい。

そんなにすぐ、蜂蜜が採れるようにはならないだろうが、この牧場だとヒヨッコーの成長速度はとても早くなっているので、女王ハッチーの子供たちも早々に成虫となって働き始めるかもしれない。

ただ、今はまだ女王ハッチーだけが活動しており、一匹で花の蜜を集めながら子育てに励《はげ》んでいた。

ちなみに、これは直感的に理解出来たことだが、ハッチーを牧場魔法で解体する際は、女王ハッチーと働きハッチーを巣ごと纏めて解体する必要がある。それでラブ一個分なので、ハッチーの品種改良には苦労しそうだ。

「ピー……。美味しいものが出来るのは、きっとボクが帰った後だッピねぇ……」

春の訪れを感じさせる微風に頬を撫でられて、ピーナは寂しげに女王ハッチーを見つめていた。

確かに、ピーナが蜂蜜を食べる機会はないかもしれない……。今夜は唐揚げなので、元気を出して欲しい。

「ねぇ、ピーナ……。あんたもさ、ずっとここで暮らしたら……？　お別れなんて、やっぱり寂しいじゃない……」

「モモコ……ボクも寂しいッピ……。でもね、ボクにもああして、一生懸命に育ててくれたママがいるッピよ。育てて貰った恩は、働いて返さないといけないッピ……」

ピーナが寂しくも穏やかな表情を浮かべながら、子供たちのために花の蜜を集めている女王ハッチーを指差して、一本の芯《しん》が通った声色で親子の道理《どうり》を説《と》いた。

その話を聞いてしまうと、無理に引き留める訳にもいかず、モモコはしょんぼりと肩を落とす。

「そっか……。あたしとルゥが生まれた集落は、誰が誰の子供とか関係なく、生まれた子供はその氏族のみんなで育てるのが当たり前だったの。だから、親子の関係には疎《うと》いのよね……」

狼獣人も牛獣人も、ついでに羊獣人も、生みの親の顔は分からないし、気にもしていない。だから、親が子のために、子が親のために、という考え方には馴染みがなかった。

「……大丈夫。きっと、また会える。……生きていれば、終わらない」

ルゥは少ない口数でピーナとモモコを慰めて、懐から取り出した干し肉を二人に分け与えた。

こうして見ると、弱肉強食の大草原で生きてきたルゥの性格は、この牧場で過ごす間に随分と丸くなったように感じる。

「──よしっ！　それじゃ、そろそろ本格的に、山脈へ向かう準備をしておくか。別れが辛くてズルズルと先延ばしにするのは、ピーナの親に悪いもんな」

俺はピーナの頭を軽く撫でてから、改めて別れの決意を固めた。

牧場から山脈の麓までは恐らく、片道三日も掛かる距離があるので、旅支度は入念にしなければならない。

ジュエルハッチーの女王様という大きな買い物をした後だが、幸いお金にはまだ余裕がある。保存食は作り置きがあるので、後は街で登山用の装備と、野営用の道具を買おう。

他に考える必要があるのは、俺が牧場を留守にしている間のことだ。防衛戦力はガンコッコーで良いとして、コケッコーの世話をする人手が欲しい。そこは狼獣人を雇《やと》おうと思う。

牧場全体の飲み水は、いつも俺の下級魔法で用意していたので、別の水源が必要になる。……これは、ガンコッコーたちが拾ってきたダンジョン産のマジックアイテムを使えば、簡単に解決するはずだ。

――ここで、今日までに集まったお宝を紹介しておこう。

まずは水問題を解決する『渇きの石』というマジックアイテム。これは放置しておくと、大気中の魔素を勝手に取り込み、少しずつ水が湧き出る石だった。また、それ以外にも使い方があって、人が握り締めるとその人の魔力を吸い取り、それなりの量の水が湧き出るのだ。

渇きの石は今までに五個も木の宝箱から出ているので、放置しているだけでも毎日それなりに水が溜まる。雇う予定の狼獣人にも魔力を提供して貰えれば、俺がいなくても水に関しては問題ないだろう。

続いては『泥団子《どろだんご》』というマジックアイテムで、これは所持しているだけで土魔法の威力を僅かに底上げしてくれる代物だ。

効果のほどは微々《びび》たるもので、明らかに外れ枠なのだが、ガンコッコーの射撃の威力が僅かに上がるので、彼らには見つけ次第、テンガロンハットの中に入れておくよう命じてある。ちなみに、これは木の宝箱から出るアイテムの中で、出現確率が一番高いアイテムだった。

次はとても希少な『羽付き靴』というマジックアイテム。これを装備すると、何もない宙を蹴って足場があるように移動出来る。これは第一階層で一つだけしか発見出来ていない銀色の宝箱に入っていたアイテムであり、売れば白金貨数枚のお値段になるのだが、手に入った瞬間に一も二もなくルゥに装備させた。

アルス牧場の最高戦力が空中戦も出来るようになるのだから、売却という選択肢は有り得ないのだ。……まあ、今のルゥはぽっちゃりさんなので、ちゃんと空中戦が出来るのか分からないが。

最後は『睡魔の釣り針』というマジックアイテム。これは食い付いた魚を強制的に眠らせる釣り針で、銅色の宝箱に入っていた。この宝箱は今までに三つも発見しているが、三つ全てに釣り針が入っていたので、肩透《かたす》かし感が否めない。単純に使う場面がないし、これなら木の宝箱に入っている可能性があるアイテム、腕力の腕輪の方が俺は嬉しい。

初めてのダンジョン産のお宝である腕力の腕輪は、あれ以来一つも入手出来ていない。ダンジョン内の宝箱は時間経過によって再出現するが、中身まで同じとは限らなかった。

力仕事が楽になるので、俺も普通に欲しいのだが、次に手に入るのはいつになることか……。

16話　出発

――ピーナを故郷に送り届けるべく、俺が色々と準備を始めてから、何事もなく数日が経過した。

冬が終わり、雪も完全に溶け切って、不毛の大地は春の陽気に包まれている。今日は雲一つない快晴の青空が広がっており、絶好の遠征《えんせい》日和だ。

俺たちは背負い袋に食料や野営用の寝袋、それと登山用品などを詰め込んで、いよいよ牧場から出発する。目的地は当然、ピーナの故郷だ。

「ピーーーっ!!　お世話になりましたッピ!!　みんな、美味しく育つッピよー!!」

ピーナは牧場に向かって深々と頭を下げてから、俺たちの横に並んで歩き始める。牧場そのものにお礼を言うのは、とても良い心掛けだと感心した。

牧場からはガンコッコーとコケッコーたちが見送りに来ており、雇い入れた狼獣人の女性数人も、俺たちの無事を祈って手を振っている。

遠征メンバーは俺、モモコ、ルゥ、ピーナの四人で、ガンコッコーは全員牧場の警備のために置いてきた。狼獣人の女性たちも戦えるので、後顧《こうこ》の憂《うれ》いはない。

「山脈までは不毛の大地を歩き続けるから、何事もないと思うけど、山脈を登るときに何か注意点はあるか？」

「魔物に注意する必要があるッピ！　特に危険なのが、グリフォンとワイバーンだッピね。どっちも鳥獣人の戦士が束になっても、勝てないッピ！」

俺の質問に答えたピーナは、グリフォンとワイバーンの恐ろしさを思い出したのか、ぶるりと肩を震わせた。

鳥獣人の戦士とやらの強さが分からないので、グリフォンとワイバーンの強さを計り難いが、こちらにはルゥがいるので大丈夫だろう。

この世界にある実話の英雄譚で、グリフォンかワイバーンに負けた英雄の話なんて、俺は聞いたことがないのだ。英雄が負けるような相手なんて、それこそ生態系の頂点に君臨《くんりん》しているドラゴンくらいだと思う。

……あ、でも、スモウベアーのときは、ルゥがいるから大丈夫だと高《たか》を括《くく》って、マックが痛い目を見たので、少し気を引き締めた方がいいな。

「グリフォンとワイバーンについて、モモコは何か知らないのか？」

「あたし、知ってるわ！　グリフォンはライオンと鳥を足して二で割ったような魔物で、強力な風魔法を使えることでも有名よ。それから、ワイバーンは蝙蝠《こうもり》みたいな翼が生えた巨大な蛇って感じの魔物で、こっちも風魔法を使うんだけど、毒の牙とか毒の息が主な攻撃手段ね」

グリフォンは体長が五メートルくらいで、基本的に群れを作らず一頭で生活している。

ワイバーンは体長が十メートルくらいで、こちらは十頭から二十頭ほどの群れを作って生活している。

グリフォンの方が小さくて群れも作らないので、ワイバーンよりも危険度は低いと思われがちだが、実際はグリフォン単体とワイバーンの群れの強さが同じくらいなので、危険度は同等だ。

——と、解説のモモコさんが教えてくれた。

「なるほどな……。まあ、ルゥが空中戦も出来るようになったし、手も足も出ないってことはなさそうだけど、油断せずに行こう」

「……アルス。ルゥ、頑張る。……だから、唐揚げ食べたい」

ルゥは唐揚げを食べた日から、来る日も来る日も欠かすことなく、俺に唐揚げが食べたいと強請ってくる。

香味醤油を使った唐揚げと、塩胡椒を使った唐揚げ。この二品を食べたあの日、ルゥは——いや、ルゥだけではなく、俺たち全員は、宇宙の真理を知ってしまった猫のような表情をしていた。

あれは筆舌《ひつぜつ》に尽くしがたい美味しさだったが、舌から脳に伝わる『美味しい』という情報が余りにも大き過ぎて、恐らく脳味噌に悪影響を与えているると思ったほどだ。

「そうだなぁ……。ピーナを故郷まで無事に送り届けて、俺たちも怪我をすることなく牧場に帰れたら、そのときに唐揚げパーティーをしようか」

唐揚げに必要なコケッコーの肉は幾らでもあるし、油も小麦粉も街で買えるが、あれらの調味料だけは次にゼニスがやってくるまで補充出来ないので、そう頻繁《ひんぱん》に使うことは出来ない。

だから、唐揚げを食べるのは特別な日に限定するべきだ。旅の無事を祝うのは、そんな特別な日にぴったりだろう。

俺の言葉を聞いた途端、ルゥは頬を上気させて、見るからにやる気を漲らせた。

これは余談だが、旅の最中に『誰も怪我をしないこと』と条件を付けたので、ルゥは誰かが転びそうになると、残像を残す速度で助けに入るようになった。ぽっちゃりさんなのに、敏捷性は健在である。

——そして、三日後。無事に山脈の麓まで辿り着いた俺たちは、ピーナの生まれ故郷まで後少しというところで、予想外の事態に巻き込まれる。

麓から見上げる山脈は切り立った崖《がけ》が多くて、普通なら登るのは非常に困難だと思えるが、俺たちには羽付き靴を装備した頼もしい英雄がいるので、この程度は困難の内に入らない。

ルゥは俺とモモコを抱えて移動するくらい余裕なので、その状態で宙を蹴って移動して貰えば、簡単に山登りが出来るのだ。ピーナは空を飛べるので、普通に後ろから付いてきて貰えば良い。

だから、俺たちが使う登山用品とは、ルゥが魔物と戦うことになったとき、適当な場所で待機するための道具ということになる。待機場所が切り立った崖になることも想定して、軍手、ロープ、アンカーと、アンカーを打ち込むための金槌《かなづち》を俺たちは用意してきた。ロープはアンカーに固く結んだ状態で、これを崖に打ち込めば命綱《いのちづな》になる。

「ルゥ、予定通りに頼むぞ。俺とモモコの命、お前に預けるからな」

「ほんと頼むわよ！　無事に帰れたら、唐揚げパーティーのときにあたしの唐揚げ、一個分けてあげるから！」

俺とモモコがルゥを頼ると、ルゥは唐揚げを思い浮かべて涎を垂らし、それからこくりと力強く頷いた。

「……ん、任せて。怪我一つ、させない」

たった三日歩いただけで、ぽっちゃりしていたルゥは大分痩《や》せてきた。もう一働きすれば、完全に元の体型に戻れるだろう。

――こうして、俺たちが登山を始めようとしたところで、突然複数の悲鳴じみた鳥の鳴き声が聞こえてきた。

「ピイッ!? こ、この悲鳴っ！ ボクのママの悲鳴も交ざってたッピ!!」

ピーナはすぐに、自分がここにいるとアピールするように、ピーピーと鳴き始めた。

魔物に自分の居場所を教えるような行為なので、ピーナも普通ならこんなことはしないが、今は有事なので仕方がない。

俺たちはピーナを止めることなく、周囲を見回しながら警戒に徹する。そうしていると、山脈の上からピーナの母親と思しき鳥獣人が、ふらつきながら一人で飛んで来た。

「ピーナっ!! 貴方《あなた》っ、無事だったのッピ!?」

「ママーっ！ アルスたちがピーナのこと、助けてくれたッピよ！」

ピーナとピーナママは強く抱き締め合って再会を喜び、それからピーナが俺たちを指差して、命の恩人であることを簡潔に説明した。

……これはどうでもいいことだが、どうやらピッピピッピと言うのは、鳥獣人の種族特性らしい。

「皆さん、娘がお世話になりましたッピ！ ありがとうですッピ！ 本当は色々と、お礼がしたいッピです……けど、今はそれどころじゃないッピです！」

……あのさ、『ッピ』を付ける位置、安定させてくれないかな？　いや、まあ、今は真面目な話をしているみたいだし、わざわざこんなことで口を挟んだりは出来ないが。

「ピーナママさん。それってさっきの悲鳴と、何か関係があるのかしら？」

焦った様子のピーナママに、モモコがそう尋ねると、ピーナママは山脈の上の方に視線を向けて、悲しげな表情を浮かべながら頷いた。

「冬の始まりくらいに、ワイバーンの群れに襲われて、ワタシたちの里は毒塗《まみ》れになりましたッピ……。それからもワイバーンはワタシたち鳥獣人を目の敵《かたき》にして、執拗《しつよう》に追撃を繰り返し、今やワタシたちは逃亡生活の真っ最中ですッピ……」

ついさっきも仮住まいがワイバーンに襲撃されて、今は鳥獣人の戦士たちが必死に戦っているとピーナママは言う。今のところ、ワイバーンは一匹だけなので、何とか時間稼ぎが出来ているらしいが、仲間を呼ばれたら一溜まりもないそうだ。

どうして鳥獣人がワイバーンに狙われ始めたのかと言うと、どうやら嵐の日に一匹のワイバーンが鳥獣人の里まで飛ばされてきて、地面に激突して死んでしまったことが原因らしい。

ワイバーンたちは群れの仲間が鳥獣人に殺されたと勘違いして、報復《ほうふく》のために執拗な攻撃を仕掛けているという訳だ。

ただの勘違いだが、相手は話が通じない魔物なので、弁解《べんかい》の余地がない。

「なるほど、大体の事情は分かった……。ルゥ、ここからワイバーンの気配を感じ取れるか？」

「……ん、感じる。あんまり、強くない。……けど、スモウベアーより、強い」

「ルゥなら、ワイバーンの群れが相手になっても勝てそうか？」

「……大丈夫。絶対、負けない」

俺がルゥと目を合わせて確認を取ると、ルゥはこくりと自信満々に頷いた。強がっている様子もなく自然体なので、これなら任せても問題ないだろう。

「それじゃ、鳥獣人たちの救出に向かうぞ。移動方法は当初の予定通りだ。空を飛べない俺とモモコは足手纏いかもしれないが、ルゥ抜きでここに残る方が危険だから、付いていく」

異論はあるかと俺がみんなの顔を見回すと、ピーナママ以外は即座に俺に賛同した。

ここで、唯一賛同しなかったピーナママが、慌てて俺たちを止めようとする。

「そ、そんなの危ないッピです！　ピーナの恩人を巻き込む訳にはいきませんッピ！」

「……ルゥたち、ピーナの恩人、違う。……ピーナ、仲間。だから、助ける」

それは息をするように当たり前のことだと、ルゥは特に気負った様子もなく、そう伝えた。それから、俺とモモコを小脇に抱えて宙を蹴り、ワイバーンの気配を感じる方へと向かう。

その最中、かつてルゥに売られそうになったことがあるモモコは、ルゥの横顔を眺めながら、口元に笑みを浮かべて感慨に耽《ふけ》った。

「冬支度のために、あたしを売ろうとしてたルゥが、こんなに仲間思いになるなんて……！　あたし、とっても嬉しいわ！」

豊かな生活は人の心に余裕をもたらし、その余裕が人間性を大いに養《やしな》ってくれる。俺たちの牧場生活で最も心が成長したのは、きっとルゥなのだろう。

俺たちの後ろでは、未だに困惑しているピーナママの背中をピーナが押していた。

「ママっ、ピーナの仲間たちを信じて欲しいッピ！　みんななら、絶対に何とかしてくれるッピよ！」

ピーナは冬の間、ぐーたらしているだけだったルゥの本当の強さを知らない。それでも仲間を信じて、迷いなく翼を羽ばたかせる。

ピーナママは仲間を信じるピーナの勇気に感化されて、自分も娘を信じてみようと後に続いた。

17話　鳥獣人

――ワイバーンは強かった。

数々の魔物を一発ＫＯで仕留めてきたルゥの雑なパンチ。それを五発も耐えたのだから、本当に強い魔物だったのだ。

しかし、六発目は耐えられずに敢《あ》えなく撃沈して、崖の下に墜落していった。

ワイバーンは巨体であるが故に敏捷性に乏《とぼ》しく、小さくて素早いルゥに攻撃を掠らせることすら出来なかったので、ルゥの方は無傷である。

そして現在、俺たちは切り立った崖の途中にある横穴で、助けた鳥獣人たちの族長と話し合っていた。

「——つまり、これからのことは、全く見通しが立っていないと？」

「ええ、その通りですッピ……。ワイバーンが儂《わし》らのことを忘れてくれるよう祈りながら、逃げ隠れを続けるしかありませぬッピ……」

族長はヨボヨボのお爺《じい》さん鳥獣人で、ただでさえ老い先が短そうなのに、心労《しんろう》で憔悴《しょうすい》して更に寿命を削られている様子だった。

彼らの氏族はワイバーンの度重なる襲撃によって、三十人くらいにまで減ってしまったそうだ。しかも、その中で戦闘系の天職を授かっている鳥獣人の戦士は、たったの四人だけ。これはもう、いつ全滅しても不思議ではない状況だと言える。

ここまでの事情を聞いた俺は、モモコとルゥに目配せした。二人とも俺が言いたいことを察して、『好きにしていい』と言うように頷く。

「よし、それなら鳥獣人のみんなで、俺たちの牧場に来ないか？　そうすれば、俺の領地の民として歓迎するぞ。当然、仕事はして貰うけど、衣食住は保証しよう」

「ピーっ！　ありがとうッピ!!　アルスならそう言ってくれるって、ボクは信じてたッピよ!!」

ピーナが感謝しながら俺に抱き着いてきたが、これは別に善意だけからの提案ではない。

空を飛べる鳥獣人は何かと役に立つだろうし、余っている食料で彼らを労働力として使えるようになるのなら、俺にとっては得しかない話なのだ。

族長はしばらく茫然《ぼうぜん》として、俺の話を理解するのに十秒ほどの時間を必要としたが、それからハッとなって表情を明るくする。

「そ、それは願ってもないお話ですッピ……!!　でも、本当によろしいのですかッピ……？　儂らはワイバーンに狙われている身……。儂らを匿えば、今度はアルス様たちが、ワイバーンに狙われるやもしれませぬッピ……」

「俺たちにはルゥがいるから問題ない。……とはいえ、ルゥにばっかり負担を掛けたくはないから、そっちの戦士たちには、力を貸して貰うことがあるかもしれない」

「勿論ですともッピ!!　助力は決して惜しみませぬッピよ!!　儂らはアルス様の群れに加わり、アルス様に身命《しんめい》を委《ゆだ》ねますッピ!!」

族長がそう宣言して腰を直角に折り曲げると、他の鳥獣人たちも老若男女を問わず腰を折り曲げて、「「「委ねますッピ!!」」」と声を揃えて叫んだ。

……さっきから思っていたのだが、ピッピピッピと言われると、真面目な話し合いなのに肩の力が抜けてしまう。

俺の領地では、ピッピピッピを禁止してもいいだろうか？　……いやでも、言語の弾圧《だんあつ》は可哀そうかも。

「……アルス。もしかして、ルゥの唐揚げ、減っちゃう……？」

ここでルゥが、瞳を潤ませながら俺の顔を見上げてきた。仲間の数が増えることで、唐揚げの取り分が減ることを危惧しているらしい。

「仲間思いの優しいルゥさんは、何処に行ったんだ？　唐揚げ、分けてあげられないのか？」

「…………唐揚げ……ルゥの、好きなもの……。……減ったら、悲しい……」

うん、どうやら分けてあげられないらしい。仕方ないから、調味料の在庫に余裕が出来るまでは、鳥獣人たちに唐揚げを我慢して貰おう。

「話が纏まったなら、さっさと牧場に戻った方がいいんじゃないの？　ここにいたら、いつまたワイバーンが襲ってくるか分からないわよ」

「ああ、確かにそうだな。いくらルゥでも、この場の全員を守りながらワイバーンの群れを相手にするのは、流石に難しいだろうし」

モモコの言葉に納得した俺は、着の身着のままの鳥獣人たちを引き連れて、急いで帰路《きろ》に就く。

山脈を降りる途中、先程ルゥが倒したワイバーンの死体が転がっていたので、牧場魔法で解体して肉を確保した。これで、鳥獣人たちは旅の間、飢えなくて済むはずだ。


――再び三日後。俺たちは三十人余りの鳥獣人を引き連れて、誰も欠けることなく牧場に帰ってきた。

道中、二匹のワイバーンの襲撃が一度だけあったが、これはルゥが呆気なく返り討ちにしている。すっかり元通りの体型になって、身体が軽くなったルゥは、ワイバーン十匹くらいなら俺たちを守りながらでも、容易《たやす》く倒せるだろう。

ワイバーンを解体して手に入ったのは、大量の肉、肉、肉、それと牙《きば》、爪《つめ》、鱗《うろこ》、毒腺《どくせん》、内臓等に、大樽《おおだる》一杯の赤黒い血だ。

素材の量が多過ぎて持ち運べないので、捨てるしかないと考えていた俺は、そのときに第八の牧場魔法を使えるようになった。

この魔法を使うと、空っぽの注射器が手元に現れて、それを魔物の素材に刺すと『因子《いんし》』と呼ばれる赤い液体を抽出《ちゅうしゅつ》することが出来る。

注射器一本分の因子を集めるには、それなりの数の素材が必要で、因子を抽出した素材は跡形《あとかた》もなく消滅してしまう。ワイバーン二匹分の素材で、注射器四本分の因子にしかならなかったので、かなり集め難い代物だ。

肝心の因子の使い道だが、これは家畜に注入して使うものだった。注入した因子の量が多ければ多いほど、家畜を魔物化及び進化させる際に、突然変異《とつぜんへんい》が起こる確率を上げてくれるのだ。

……ガンコッコーを進化させるには、ラブが百個も必要になるので、どうしても腰が引ける。しかし、ワイバーンの因子なんて代物を手に入れてしまった以上、俺は興味を抑えられそうにない。

「まあ、それを試す前に、まずは牧場の様子を確認しないとな……」

とりあえず、見るからに牧草が減っていたので、新しい牧草をモッサリと生やしておく。そのついでに、鳥獣人たちが生活する区画を作るべく、牧草地を広げておいた。

後は家畜小屋の増設もしなければならない。六日間留守にしている間、コケッコーの解体はしていなかったので、増える一方だったようだ。数えてみたところ、およそ百二十羽も増えていた。出発前は六十羽だったのに、たった六日で……。

「ねぇ、アルス。増えた分のコケッコーは、鳥獣人たちに面倒を見て貰ったら？」

「ああ、それがいいな。解体は毎日俺がやって、ラブだけ徴収《ちょうしゅう》させて貰おう」

俺はモモコの提案に頷き、鳥獣人の族長にそのことを伝えた。

この牧場のコケッコーたちは食欲旺盛《おうせい》で、尚且《なおか》つ周辺は不毛の大地なので、俺が牧草を生やさなければ、とても飼育など出来はしない。牧場主である俺の重要性を鳥獣人たちに理解して貰って、しっかりとした上下関係を築《きず》くべく、彼らには俺が牧場魔法で牧草を生やす様子を見せつけておいた。

その上で、彼らには使い道がない家畜のラブを全て徴収すると、命令した。お願いではなく、命令だ。

このラブは謂《い》わば、領民が領主に支払う税金のようなものだと思ってくれれば良い。俺はラブを使って、領民の生活と安全を守る。これには誰も嫌とは言わず、二つ返事で承諾して貰えた。

それと、鳥獣人の戦士たちには、当人が望めばガンコッコーたちと共に、ダンジョンへ入る許可を与えておく。

無論、俺が欲しいと思ったお宝を拾ってきた場合、それは容赦《ようしゃ》なく俺のものにするが、アシハゼの切り身や渇きの石など、彼らの生活を豊かにするものは譲るつもりだ。

……まあ、これに関しては少し横暴な気もするので、彼らのダンジョンでの働き次第では、何らかのボーナスを与えようと思う。

「あ、あの、アルス様……？　肉や卵は、どれだけお納《おさ》めすれば、よろしいッピですかな……？」

族長にそう尋ねられたので、俺は少しだけ逡巡《しゅんじゅん》してから答える。

「そっちは別に納めなくてもいいけど、使い切れない分を捨てるのは勿体ないし、その分だけは納めて貰おうかな。これに関しては、厳密な掟《おきて》とかじゃないから、そっちが適当に調整してくれればいい」

それから、鳥獣人たちに飼育して貰うコケッコーの数は、百四十羽までを上限とした。鳥獣人の数が増えればコケッコーの飼育数も増やすが、一先ずはこれで十分だろう。

コケッコーの産卵と成長の速度を考えれば、これでも毎日、かなりの食料が余るはずだ。

これで、俺の近くで育てる六十羽と合わせて、この牧場では合計二百羽のコケッコーが飼育されることになる。

ちなみに、俺の近くの六十羽は、引き続きピーナに面倒を見て貰う予定だ。

「アルスっ、ママたちのお家を建てて欲しいッピ！　お願いッピよ！」

「ああ、それもあったな。狼獣人たちにゲルを持ってきて貰おう」

ピーナに乞われて、俺はすぐにゲルを手配しようと決めた。鳥獣人たちを領民にするべく勧誘したとき、衣食住を満たすと約束したのだから、衣服も必要だろう。

牧場の留守を任せていた狼獣人の女性たちが帰るそうなので、彼女たちにお土産《みやげ》の肉を持たせて、『早急にゲルと衣服が欲しい』と、あちらの族長に言伝《ことづて》を頼んでおく。これで明日か明後日《あさって》には届くだろう。

俺が食料を供給していたので、狼獣人の集落では冬場に餓死《がし》する者が一人もいなかった。そのおかげか、多少の無茶は聞き入れて貰えるようになったのだ。

「ピー？　コケッコーたちのお家、あれをママたちにも使わせてあげたいッピよ。それは駄目ッピ？」

狼獣人の女性たちを見送った後、ピーナが頻りに小首を傾げながら、頓珍漢《とんちんかん》なことを尋ねてきた。

「いや、あれはコケッコー系統の家畜しか、中に入れないだろ？」

冬の間、コケッコーたちの面倒をずっと見ていたピーナなら、よく知っているはずだが……。

「なに言ってるッピ？　ボクは普通に、入れるッピよ？」

……おい、鳥獣人ってコケッコー系統の家畜扱いかよ。

18話　第八の牧場魔法

俺は第四の牧場魔法を使って、鳥獣人たちが住む家を建てた。それはコケッコーのラブを使った家畜小屋だが、鳥獣人を家畜呼ばわりするのは躊躇われるので、普通に『家を建てた』と強調しておく。

——そして、この日の夕方。ルゥと約束していた唐揚げパーティーを始める前に、俺は第八の牧場魔法による因子の注入と、ガンコッコーの進化を試そうと思った。

コケッコーの魔物化と品種改良を一段落させてからは、ラブを溜め続けていたので、進化用のラブ百個は既に用意出来ている。

「さて、どのガンコッコーに因子を注入するべきか……。みんなはどう思う？」

俺はゲルの中に、モモコ、ルゥ、ピーナの三人を集めて、因子の説明をしてから相談を持ち掛けた。

ちなみに、ピーナは今後も、基本的にこちらで寝泊まりするらしい。俺と鳥獣人たちの間を取り持つという、重要な役割を族長から任せられたと、ピーナ本人は言っていた。

「あたしはマックがいいと思うわよ！　あの子だけ、他の子よりも身体が小さくて、ちょっと弱いから可哀そうなのよね」

モモコにそう提案されて、俺はマックの姿を脳裏《のうり》に思い浮かべた。

あいつは最初期の、品種改良によって身体を大きくする前のコケッコーから魔物化したガンコッコーなので、他のガンコッコーに比べて身体が一回り小さい。

それでも、ダンジョンに送り出した回数は最も多くて、今も尚しぶとく生き残っている。ダンジョンで積み重ねた経験を考慮して、ガンコッコーたちのリーダーを任せることも多い。

「……進化、美味になる？　美味になるなら、大きいの、進化させる」

ルゥは可食部の大きさを重要視して、マックではない個体を進化させるべきだと言った。

進化させて肉が美味しくなるのかは不明だが……、進化させた魔物は戦力として数える予定なので、美味しいか不味いかに関係なく、食べるつもりはない。俺がそう伝えると、ルゥは興味を失ったようで干し肉を齧り始めた。

次はピーナが元気良く手を挙げて、はっきりと自分の意見を述べる。

「マック以外の大きい子を進化させた方が、進化後も強い個体になりそうッピ！　ボクはマック以外がいいと思うッピよ！」

より強い個体を求めるのであれば、確かにピーナの言う通りだ。

俺の考えがピーナの意見に引っ張られたところで、モモコが待ったを掛けるように大きな声を出す。

「でもっ、マックにはリーダーシップがあるわよ⁉　あいつは謂わば、前線指揮官なの！　真っ先に前線指揮官がやられたら、兵士たちの士気に関わるでしょ⁉　だからっ、弱いままにしておくのはどうかと思うわ！」

モモコはいつもマイクを握り締めて、ダンジョンへ送り出したガンコッコーたちに指示を飛ばしている。つまり、その立場は司令官だ。そんな司令官の意見を軽視するべきではないだろう。

ピーナの意見にもモモコの意見にも、それぞれ一理あるが――――俺は熟考の末に、マックに因子を注入して進化させることを選ぶ。名前を付けてしまったので、俺としてもマックには多少愛着を持っているのだ。

「それじゃ、マックを進化させるとして、因子は何本分注入する？　ワイバーンの因子って結構貴重だと思うし、一本でいいか……？」

「アルスっ、王子がみみっちいこと言ってんじゃないわよ！　全部よっ、全部ぶち込むの!!　それで最強のマックを作るんだからっ!!」

「あのさ……モモコ、お前マックに情が移り過ぎじゃないか……？」

司令官のモモコと、前線指揮官のマック。二人はお互いを信頼しており、どうやら種族の垣根《かきね》を越えた熱い友情が芽生《めば》えているらしい。

……まあ、注射器一本分の因子だけだと、不発する可能性が高そうだし、貴重な因子だからこそ不発を避けるために、惜しまず使うべきなのかもしれない。

と、ここで、ゲルの入り口の布が勢い良く捲られて、マックが夕陽を背景にしながら姿を現した。マックはニヒルな笑みを浮かべており、『話は全て聞かせて貰った』と言わんばかりの目を俺たちに向けている。そして、俺が手に持っている因子入りの注射器を指差して、くいっくいっと挑発するように、指を——いや、翼を折り曲げた。

……なんだこいつ？

「ほらアルスっ！　マックも気合は十分みたいよ！　さっさと因子をぶち込んで、進化させましょう!!」

そこはかとなくマックにムカついた俺だが、モモコに背中を押されて催促《さいそく》されたので、とりあえず準備を始めることにした。

マックが進化した後に、身体がどれだけ大きくなるか分からないので、まずは外に出よう。

それから、百個のコケッコーのラブを牧草の上に並べて、マックに一本ずつワイバーンの因子を注入していく。

「――マック、心の準備はいいか？」

コケッ、とマックは俺に返事をして、力強く頷いた。

全ての準備が整い、俺が意を決して第五の牧場魔法を使うと、百個のラブが宙に浮かんで光り輝き、マックの身体に次々と吸い込まれていく。

そして、全てのラブが吸い込まれた直後、今度はマック自身が光り輝き始めた。

全身から、神秘的《しんぴてき》なピンク色の光を放っているマックは、何故か俺たちに向かって、ゆっくりと敬礼してみせる。

……よく分からないが、俺たちは揃って答礼しておいた。

最後に、マックが一際大きな輝きを放ち、次の瞬間――

俺たちの目の前には、鶏と蛇を足して二で割ったような、体長が五メートルはあろうかという巨大な魔物、『コカトリス』が鎮座《ちんざ》していた。


――山脈から帰ってきて、ガンコッコーだったマックがコカトリスに進化した日の夜。

当初の予定通り、俺たちは唐揚げパーティーを行っていた。

「それでね、コカトリスはね、凄いのよ！　毒の吐息と石化《せきか》の吐息を使い分ける魔物でね、もうね、とにかく凄いの！」

「ああ、分かった分かった。もう何度も聞いたから、今は大人しく唐揚げを食べような」

モモコは先程から幾度となく、如何にコカトリスが凄い魔物であるかを力説している。マックが進化してから、テンションが上がりっぱなしで、どうしても興奮が冷めないようだ。

「アルスはまだコカトリスの――いえ、マックの凄さが全然分かっていないわよ！　だって分かっていたら、そんなに落ち着いてはいられないもの！」

モモコの話を聞いた限り、普通のコカトリスに出来ることは毒の息と石化の息を吐くことだけ。

しかし、マックはガンコッコーから進化したからか、コカトリスになっても卵型の石をお尻から発射することが出来た。しかも、石の大きさが砲弾のようになっているので、攻撃力は大幅に向上している。

機動力の方は微妙なままで、コケッコー及びガンコッコーと同じく、翼があるのに空は飛べない。コカトリスは鈍重なので、ガンコッコーに比べると敏捷性は低下したが、歩幅が広いので移動速度は向上している。

コカトリスの食事は今まで通り、牧草だけで賄えるが、身体の大きさ相応に山ほど食べるので、コカトリス専用の牧草地を新たに広げておいた。まだ大草原とは隣接していないが、仮にあちらから魔物が流れてきても、今のマックなら容易に負けることはないだろう。

一つ残念なことは、マックの身体が大きくなり過ぎて、ダンジョンに入れなくなってしまったことだ。

ダンジョンは成長と共に入り口も内部も大きくなるが、コカトリスが入れるようになるのは、まだまだ先のことだと思われる。

「……モモコ。唐揚げ、食べない？　ルゥ、もっと食べて、いい？」

「だ、駄目よっ！　約束の一個はもう分けてあげたでしょ!?　あんたの分はもうお終《しま》い！」

早くも自分の唐揚げを食べ尽くしたルゥは、俺とモモコとピーナの様子を頻りに窺《うかが》って、自分が食べても良い唐揚げを探していた。

香味醤油味の唐揚げと塩胡椒味の唐揚げは、相も変わらず脳に悪影響を及ぼしそうなほど美味しい。品種改良によってコケッコーの肉質をもう一段階上げたら、一体どうなってしまうのか……。これに関しては、期待よりも不安の方が大きい。

変な中毒性とかあっても困るし、肉質にはもう手を加えない方が良いのかもしれない。

「ルゥにボクの唐揚げ、一個あげるッピ！　みんなをワイバーンから守ってくれたお礼だッピよ！」

「……ピーナ、好き」

ルゥはパタパタと尻尾を振りながら、ピーナから貰った唐揚げを美味しそうに味わって食べる。

そしてその後、『アルスはくれないの？』と言わんばかりの眼差しを俺に向けてきた。

モモコとピーナの二人が、ルゥに唐揚げを分けてあげたので、この場でルゥに唐揚げを分けていないのは俺だけだ。

「仕方ないな……。ルゥのおかげで窮地《きゅうち》を乗り越えられたし、俺も一個だけ進呈《しんてい》しよう」

「……アルス、好き」

ルゥが『好き』を大安売りして、俺たちの唐揚げパーティーは終わりを迎える。

この後に、ジュエルハッチーの蜂蜜をデザートとして出したかったが、いつ蜂蜜を採って良いのか分からなかったので、今回はお預けだ。

とりあえず、新しい女王ハッチーが生まれて巣分けが終わったら、古い方の巣を中のハッチーごと、牧場魔法で解体しようと思っている。それできっと、蜂蜜も良い感じに採れるだろう。

本当なら巣の解体は、もっと数が増えてから行うべきだが、俺はどうしても久しぶりに蜂蜜が食べたい。

ちなみに、六日間放置していた女王ハッチーの様子を確認しに行ったところ、もう女王ハッチーは巣の中に引き籠っており、働きハッチーだけが花の蜜を集めている状態だった。

巣の中で女王ハッチーが怪我や病気をしていたら大変なので、一応家畜ヒールを入念に掛けてある。

未完成だった巣も既に完成して、随分と大きくなっていた。その巣の形状は鉛筆《えんぴつ》のようで、地面から直立しており、高さは二メートルほど。太さは俺の両腕で辛《かろ》うじて抱えられるくらいだ。

ジュエルハッチーを購入した際にゼニスから聞いた話だと、こいつの巣はどんなに大きくても、高さが一メートル前後らしい。しかも、巣作りはこんな短期間で終わらないはずだった。

これはもしかしたら、良質な牧草についている花のおかげかもしれない。この調子で、巣分けも普通のハッチーより早く行ってくれることを願おう。

19話　鳥獣人たちの様子

――鳥獣人が俺たちの牧場に移住してから、一晩が経った。昨日はピーナ以外の鳥獣人たちに内緒で、唐揚げパーティーをしてしまったので、俺は少しだけ罪悪感に苛まれている。

だから、この罪悪感を払拭《ふっしょく》するために、彼らに何かしてあげられないかと、俺はピーナと一緒に鳥獣人の居住区画までやってきていた。

今の俺はサービス精神旺盛なので、困っていることがあれば、可能な限り力になるのだが……。

「アルス！　あそこにママがいるッピよ！　ママに話を聞いてみるッピ！」

「おお、そうだな。行ってみよう」

ピーナママはピーナの五年後くらいの姿を思わせる女性で、今は鳥獣人の仲間たちと共に、コケッコーの飼育に精を出していた。

コケッコーたちは勝手に居住区画の外に出ようとしたり、牧草ではなくピーナママのお尻を突いたり、雌を取り合って雄同士が喧嘩していたりと、中々にやりたい放題をしている。

ピーナは最初から何の苦もなく、沢山のコケッコーを意のままに飼育していたが、あれは鳥獣人特有の技能ではなく、ピーナの才能だったらしい。

「ママー！　アルスが困ってることはないか、聞きに来てくれたッピよー‼」

「ピーナ！　それにアルス様も！　よ、ようこそッピです！　困っていることと言えば、見ての通り、コケッコーたちが全然こちらの言うことを聞いてくれなくて……ッピ」

ピーナママは笑顔で俺たちを歓迎してくれたが、すぐにしょんぼりと項垂《うなだ》れて、今まさに困っているのだと伝えてきた。

しかし、この問題を俺が解決するのは難しい。何せ、俺はコケッコーの飼育に手間取ったことがないのだ。

これはピーナも同じだろうと視線を向けてみると、ピーナはきょろきょろと辺りを見回していた。

「ピーナ、どうかしたのか？　探し物なら手伝うけど」

「えっと、一番強そうな雄のコケッコーを探しているッピ。——あっ、見つけたッピ！　ママっ、あいつを踏み付けるッピよ‼」

絵に描いたような良い子のピーナから、突然バイオレンスな指示がピーナママに下された。

どうしてそんな指示を出すのか、ピーナママは困惑しながら、泣きそうな目で俺を見つめてくる。

俺にも分からないので、そんな目で見つめないで欲しい……。この牧場での生活が、優しかったピーナに悪影響を与えたとか、そんなことはないはずだと思いたい。

ここでピーナが、『早く早くッピ!!』と急かして背中を押したので、ピーナママは困惑したまま、一番強そうな雄のコケッコーのもとまで歩かされる。

「なぁ、ピーナ。どうしてこいつをピーナママに踏ませるんだ？」

「上下関係を分からせるためだッピ！　これさえしておけば、きちんとコケッコーたちは言うことを聞くッピよ！」

「ああ、なるほど。そういう手があったのか」

俺はピーナの話を聞いて、その行為の意味を理解することが出来た。コケッコーは知能が低いので、こういう分かり易い手段でマウントを取るのが、手っ取り早いのだろう。

ピーナママも理解は出来たようだが、コケッコーを踏み付けるのは可哀そうだと思っているのか、中々実行に踏み切れない。

「ママ……。コケッコーたちが勝手に外に出たら、魔物に食べられちゃうッピよ。雄同士の喧嘩で怪我をすることもあるし、このまま好き放題にさせておく方が、可哀そうなことになるッピ」

「た、確かに、ピーナの言う通りッピね……！　分かったッピ。ワタシ、やるッピ！」

ピーナに説得されたピーナママは、意を決して雄のコケッコーを踏み付けた。

コケッコーはじたばたと暴れるが、流石に鳥獣人とコケッコーでは体格差があるので、逃げることが出来ない。

ピーナママを睨みつけるコケッコー。目を逸らさないピーナママ。両者の睨み合いは続き――コケッコーが段々と、息を荒らげて恍惚《こうこつ》とした表情を浮かべ始めた。

「このコケッコー、なんか気持ち悪くないか？」

「ボクもそう思うッピ。誰かに踏まれて気持ち良くなっちゃうコケッコーなんて、初めて見たッピよ」

ピーナママに踏まれているコケッコーから、俺とピーナは二人揃って距離を取った。よく見ると、このコケッコーの胸元には特徴的なＭ字のハゲがある。特徴は覚えたので、こいつは早めに解体しよう。

「ピィィ……っ！　な、なんか足元で、このコケッコー、ビクビクしたッピです……!!」

ピーナママが小さく悲鳴を上げて、耳を塞《ふさ》ぎたくなるような報告をしてきた。それから数秒後に、Ｍ字ハゲがあるコケッコーは悟《さと》りを開いた賢者のような表情を浮かべて、負けを認めるようにピーナママの足を舐め始める。

……ピーナママは一瞬の硬直の後、大きな悲鳴と共にＭ字ハゲを蹴飛ばして、誰の目にも明らかな勝利を収めた。

これで、鳥獣人の居住区画で飼育されているコケッコーたちは、鳥獣人が自分たちよりも上の存在であることを認めたので、以降の飼育が楽になったという。

「よし、一件落着だな……。まあ、俺の手柄じゃなくて、ピーナの手柄だけど」

「ピー……。そ、そんな、大手柄だなんて、アルスはボクを褒め過ぎだっピよ……。えへへ……」

俺がピーナの頭を撫でて褒めると、ピーナは照れ笑いしながらも何処か誇らしげに胸を張った。

大手柄とまでは言っていないのだが……、水を差す必要はないな。実際、大きいか小さいかで言えば、大きい手柄だ。

さて、他に何か困っていることはないかと、俺たち二人は再び居住区画を見て回る。そうして今度は、鳥獣人の戦士たちが鍛錬している場所に到着した。

彼らは空を飛びながら戦うので、翼と一体化している腕で武器を扱うことが出来ない。そのため、足で槍と弓を扱っていた。

獲物に見立てた案山子《かかし》を地上に置いて、そこに空からの急降下で槍を突き刺したり、弓矢を当てたりしている。

矢筒は脛《すね》の辺りに取り付けており、そこから足の爪先だけで矢を引き抜き、弦《つる》に番《つが》えて放つという一連の動作は、とても見事な熟練の技だった。

「これが鳥獣人の戦い方か……。思った以上に強そうだな」

「ピー！　戦士のみんな、いつ見ても格好いいッピよ！」

俺は早速、戦士たちに困っていることはないか尋ねてみた。すると、『武器が弱くて困ってますッピ』と言われたので、彼らが使っている槍と弓矢を観察してみる。

「うーん……。ああ、穂先《ほさき》と鏃《やじり》が動物の骨なのか。確かにこれだと、攻撃力が低そうだな」

聞くところによると、これらは魔物の骨で、石よりも軽くて頑丈らしいが、それでも鉄製の武器には劣るそうだ。

強い武器があればワイバーンも倒せると戦士たちは息巻いているので、街から来る行商人に鉄製の武器を注文しておこう。

これで戦士たちの困り事は解決したので、俺とピーナは最後に、ヨボヨボなお爺さん鳥獣人である族長に会いに行った。

「――これはこれは、アルス様。それにピーナも、ようこそおいでくださいましたッピ」

「ピー！　族長は何か、困ってないッピか!?　アルスが何でも解決してくれるッピよ！」

腰が低い族長と対面して、ピーナは自信満々に俺を頼るよう促したが、流石に『何でも』は解決出来ない。俺は全知全能《ぜんちぜんのう》の神様ではないのだ。

「困る……とは少し違いますが、儂ら鳥獣人の数が少ないことは、やや気掛かりッピです……」

族長の話を聞いて、これは確かに由々《ゆゆ》しき問題だと、俺もピーナも頻りに頷く。

氏族の数が三十人しかいないと、一度の流行《はや》り病なんかで呆気なく全滅してしまいそうだ。とはいえ、俺には家畜ヒールがあるので、大抵の病はどうにか出来ると思う。

「人数が少ないと、寂しいッピよね……。遊び相手は多ければ多いほど、楽しいッピ」

「ピーナの言う通りですッピ……。遊び相手が少なくて、儂らは寂しいッピです」

ピーナはともかく、族長までしょんぼりと項垂れて、割と子供っぽい悩みを口にした。……どうやら、絶滅の危機とか、そんな深刻に物事を考えていた訳ではないらしい。

「まあ、その辺は産んで増やして貰うしかないな。住人が増えるのは大歓迎だから、しっかりと励むよう、鳥獣人の番《つが》いたちに伝えておいてくれ」

「畏まりましたッピ！　……ところで、アルス様。ピーナはどうでしょうかッピ？」

一度言葉を区切った族長が、そんなことを尋ねてきた。俺は首を傾げて、『どう、とは？』と尋ね返す。

「人間と獣人の間にも、子供は生まれますッピ。生まれてくる子供は、母体と同じ種族になるので、アルス様も励んでくれたら嬉しいッピです」

「いや、ピーナはまだ子供だから、絶対に駄目だぞ。それに結婚というか、番いになるのは、当人たちの自由恋愛に任せるから、上の立場から押し付けたりしないでくれよ。アルス牧場はそういうところ、厳しくしていくからな」

鳥獣人の集落では、年頃の男女を族長が適当にくっ付けていたそうで、俺が作った『自由恋愛』というルールに馴染みがなかった。そのため、族長は俺の言葉に目を白黒させている。

山脈という過酷な環境だと、恋愛感情が育《はぐく》まれるのを悠長に待っている余裕なんてなかったのだろう。とにかく有無を言わせず増やしていかないと、氏族を存続させることが出来なかったのは、容易に想像が付く。

俺はそのことで族長を責めるつもりはないし、環境に応じた生存戦略を否定するつもりもない。だが、『俺たちの牧場』という環境では、愛のある生き方をしてくれるよう、切に願う。

「ピー……？　ボク、難しい話はよく分からないッピ。アルスがボクの、番いになるっていう話ッピ？」

ピーナが小首を傾げながら、純粋無垢《じゅんすいむく》な眼差しを俺に向けてきた。……こんな子供の前で、生々しく『励む』とか言うべきじゃなかったかもしれない。

「いや、無理に俺の番いになる必要はないんだ。ピーナが大人になってから、好きな相手を見つけて、両思いになったら、その人と番いになるといい」

「それならボク、アルスと番いがいいッピ！　ボクはアルスのこと、大好きだッピよ！」

お、おおう……。こうも真っ直ぐに好意を伝えられると、相手が子供とはいえ赤面してしまう。まあ、これは子供が『大きくなったらパパと結婚する！』と言っているようなものだろう。俺は大人の余裕を取り繕って、朗《ほが》らかな笑みを浮かべ、『ピーナが大人になったらな』と伝えておいた。

とりあえず、鳥獣人の居住区画の視察は、これで終わりにしておく。また何か困ったことがあれば、遠慮なく教えて貰いたい。

20話　大物の気配

――俺たちが山脈から帰ってきて、何事もなく三日が経過した。

鳥獣人たちは早くも牧場での生活に慣れて、のんびりと暮らしている。彼らは種族柄、記憶力が良いとは言えないので、ワイバーンに追い掛け回された苦労も、故郷と多くの仲間を失った悲しみも、割と呆気なく克服《こくふく》していた。

現在のアルス牧場全体の畜産物は、一日につきコケッコーの肉が五十羽分で、無精卵が二百五十個。飼育しているコケッコーの数は雄が五十羽、雌が百五十羽で、雌が一羽当たり卵を一日二個産み、有精卵は卵全体の六分の一という計算だ。

当然、コケッコーは機械的に生きている訳ではないので、これらの数字には全て『およそ』という文字が付く。

コケッコーなんて『食う』『寝る』『交尾する』の三つしかやることがないので、雄の数はもっと少なくても良いのだが、これ以上畜産物の生産性を上げる必要は感じられないし、あんまりハーレムにし過ぎると魔物化させたときに、雄が軟派《なんぱ》なガンコッコーになってしまうかも……と危惧したので、今の数に落ち着いた。やはり、ガンコッコーは硬派に限る。

品種改良済みのコケッコーは身体が大きいので、一羽につき六食分程度の肉が手に入る。牧場で暮らしている人の数は、俺たちと鳥獣人を合わせれば四十人くらいなので、基本的に毎日三十羽分の肉があれば食事には困らない。

一人当たり一日三食とすると、人数だけを見るなら二十羽で足りるのだが、余裕を持たせたいので五羽追加し、健啖家《けんたんか》のルゥがいることを考慮して更に五羽追加した形だ。このコケッコー三十羽分の肉のうち、食べ切れなかった分は干し肉にして、おやつにしたり非常食として蓄えたりしている。

つまり、コケッコーの肉は一日につき二十羽分、牧場の外に出荷出来るようになった訳だ。卵は一人当たり、一日三個食べるので、出荷出来るのは百三十個となっている。

こうして俺は、コケッコーの肉と卵を売ったお金で、四十人分の野菜や小麦粉、塩、雑貨などを購入して、牧場に住む全員の生活を安定させた。

買うものも売るものも多くなったので、いよいよ俺たちの牧場は大口の取引先として街でも認識され始め、今ではゼニス以外の商人も牧場まで出向いてくるようになっている。これでもう、俺がわざわざ街まで足を運ぶ必要はない。

「……アルス、見て。あの雲、唐揚げみたい」

「ああ、そうだな。唐揚げみたいだな」

太陽が高い位置にある日中。俺とルゥは牧草の上に寝転がりながら、肩を並べて青空を見上げ、のんびりと流れる白い雲を目で追っていた。

そして、その最中、ルゥが丸っこい雲を指差して涎を垂らす。

つい三日前に唐揚げパーティーをしたばかりなのに、ルゥの頭の中は唐揚げでいっぱいらしく、丸っこい雲は全て唐揚げに見えているようだ。

「……今日、特別な日。唐揚げ雲、見つけたから」

「あのな、ルゥ……。そんなことで、特別な日にはならないんだぞ」

唐揚げは特別な日に食べると俺が決めてから、ルゥは毎分毎秒、特別な日に認定出来そうな何かを探している。だが、特別な日を簡単に作ってしまうと、それはもう特別でも何でもなくなってしまうので、俺は余程のことがない限り、特別だとは認めない。

俺が素気《すげ》なく却下する度に、ルゥの表情が萎《しお》れた朝顔《あさがお》のようになるので、まるでこちらが悪者みたいに思えてしまう。

しょぼくれているルゥから無理やり視線を逸らして、俺はモモコとピーナの様子を遠目に確認した。

「――今よっ！　釣《つ》り野伏《のぶ》せを実行しなさい‼　敗走を装《よそお》って十字路までアシハゼたちを誘き寄せるの‼　そいつらを殲滅《せんめつ》したら、今日は撤収だからねっ！」

モモコは今日も元気良く、テレビの前でマイクを握り締めて、ダンジョンに送り出したガンコッコーたちの司令官として働いている。

「みんなー、牧草を食べたら小屋に戻るッピよー。あっ、こら！　そっちはハッチー用の牧草だから、食べちゃ駄目だッピ！」

ピーナもいつも通り、コケッコーたちの面倒を見ている。たった一人で六十羽もの面倒を見ているので、俺たちの中では一番の働き者かもしれない。

ハッチー用の花がついた牧草。それを食べたそうにしているコケッコーが複数いるから、あいつらの分は別の場所に生やしておいてやろう。

……それにしても、平和だ。この上なく平和と言っても良い。こんな日は……そうだな、惰眠《だみん》でも貪《むさぼ》るか。

そう思って俺が目を瞑り、微睡みに身を委ねていると――――突然、ルゥが勢い良く立ち上がって、山脈がある方を向きながら、警戒するように唸《うな》り声を上げ始めた。

「お、おい、ルゥ……？　一体どうしたんだ？　ルビーが来たときでも、そんなに警戒してなかったよな……。もしかして、かなり強い奴が来るのか？」

「……来る。牧場の外で、迎え撃つべき」

俺が問い掛けると、ルゥはこくりと小さく頷いて、それから牧場に被害が出る可能性を示唆《しさ》した。ルゥがそこまで言うのなら、今までに戦ったことがある敵とは、別格の存在なのだろう。

俺はルゥの忠告に従い、モモコとマック、それにガンコッコーたちを招集して、慌ただしく出陣する。牧場の留守はピーナを含め、鳥獣人たちに任せておいた。

一部のガンコッコーはダンジョンから帰ってきたばかりで、それなりに疲弊していたが、家畜ヒールを掛けて即座に再出撃だ。

――こうして、俺たちは何もない不毛の大地の上で、ルゥの強さを基準にした『かなり強い奴』を迎え撃つべく、準備を整えた。

迅速《じんそく》に、マックとガンコッコーたちに隊列を組ませたモモコが、後方で偉そうに腕組みしながら、緊張感を滲ませる。

「これは……っ、あたしにも分かるわ……！　この肌がピリピリする感じ、とんでもない大物が来るわね……!!」

「へぇ……。今のところ、俺は何も感じないんだが……獣人は勘が鋭いって言うしな……。ヤバイ、結構緊張してきた」

山脈からやってくるのであれば、十中八九ワイバーンだとは思うのだが、普通のワイバーンであればルゥはこんなに警戒しないだろう。

俺たちが固唾を呑んで待ち構えていると、しばらくして、二匹の巨大な魔物が遠くの空から飛んできた。

不毛の大地に陣取っている俺たちの前に現れたのは、やはりと言うべきか、ワイバーンだ。数は二匹だけだが、その体格は普通のワイバーンよりも五割増しで大きく、片一方の頭には黄金の王冠《おうかん》が載っており、もう一方の頭には白銀《はくぎん》のティアラが載っている。

一体何処の誰が、ワイバーンの頭に載せる王冠とティアラを作ったのか……。そんなことは不明だが、ガンコッコーも最初からテンガロンハットを被っていたので、このワイバーンたちも生まれたときから、王冠とティアラを頭に載せていたのかもしれない。

とりあえず、俺は恒例となった解説のモモコさんを呼んでみる。

「解説のモモコさん、あのワイバーンについて何か知っているか？」

「ええ、知っているわ！　あいつらはワイバーンキングと、ワイバーンクイーンよ‼　キングの方はワイバーンの群れ全体を強化する魔法が使えて、クイーンの方はワイバーンの群れを召喚《しょうかん》する魔法が使えるの‼」

「なるほど、キングとクイーンだから王冠とティアラなのか……。安直というか、分かりやすいというか……」

モモコに説明して貰って、相手の手の内は理解出来た。

それならば先手必勝だと、ルゥが真っ先に飛び出して、クイーンを仕留めに掛かる。こいつにワイバーンを召喚させなければ、キングが使う強化魔法も脅威度が一気に低くなるはずだ。

――しかし、キングの方もまずはクイーンを守るべきだと理解しているのか、漢《おとこ》らしくクイーンの前に躍《おど》り出て、ルゥのパンチを自らの尻尾で迎え撃った。

お互いの攻撃が激突して両者共に弾かれたが、無傷のルゥに対して、キングの方は尻尾を覆う鱗の一部が砕けている。これは見るからに、ルゥの方が優勢だろう。

「……邪魔。堕《お》ちて」

キングは自分が傷つけられたことに怯み、ルゥはその隙に宙を蹴ってキングに肉迫すると、最も柔らかそうな腹部に拳を連続で叩き込んだ。

白目を剥いて地面に墜落するキングの後方では、魔法の準備を終えたクイーンが咆哮《ほうこう》を上げて、ワイバーンの群れを召喚するところだった。

空中に描かれた魔法陣から続々とワイバーンが飛び出して、猛然と俺たちに襲い掛かってくる。その数はおよそ二十四で、キングを呆気なく倒したルゥに、大半の敵視が向いていた。

「今よっ！　ワイバーン共の飛膜《ひまく》を狙って一斉攻撃ッ!!　マックはこっちに向かってくるワイバーンを優先的に狙いなさい!!　あっ、毒と石化の息は駄目だからね!?　あいつら風魔法を使えるから、撥《は》ね返されるわ!!」

モモコが叫んで指示を出すのと同時に、ガンコッコーたちがワイバーンにお尻を向けて、卵型の石を撃ち始めた。

ワイバーンにとってはガンコッコーの攻撃なんて、小石を投げ付けられている程度のダメージにしかならないと思ったが、薄い飛膜に当たった場合はしっかりと傷が付いている。そして、飛膜に付いた傷が増えると、そこに穴が開いてワイバーンは空を飛ぶことが困難になった。

前線で戦っているルゥに誤射をする心配はない。何せ英雄であるルゥには、飛び道具が絶対に当たらないという、反則染みた能力が備わっているのだ。

何匹かのワイバーンはガンコッコーを放置出来ないと判断して、慌てながら俺たちのところに突っ込んでくる。――だが、そいつらを、コカトリスに進化したマックの強力な一撃が襲う。

砲弾のような大きい卵型の石は、ワイバーンの鱗を容易く砕いて、その下にある肉を吹き飛ばした。

「アルスっ、大変だわ!!　あっちのワイバーンたち、毒の息を吐いてくるわよッ!!　マックたちだと羽ばたいてもっ、毒を吹き飛ばし切れないと思う!!」

モモコが指差した方向を見ると、ルゥからも俺たちからも距離を取ったワイバーンが二匹、大きく息を吸い込んで胸を膨らませ、毒々しい紫色の息を口から吐き出すところだった。

マックとガンコッコーたちの翼は飾りなので、その羽ばたきは大したことがない。これは確かに、危ない状況だが――俺はすぐに、解決策を思い付いた。

「よし、マックとガンコッコーたちに命令だ！　羽ばたいて出来るだけ毒を吹き飛ばして、それでもこっちに流れてくる毒は、お前たちが吸い込め！　少しも残さずに、全力で吸い込めよ!!」

俺の命令に、マックとガンコッコーたちは『マジかよ!?』と言わんばかりに、大きく目を見開く。

こいつらにとっては残念なことに、俺は至極大真面目だ。牧場主である俺の命令は、絶対厳守。戦死したら二階級特進を約束するので、安心して逝《い》ってくれ。

――こうして、ワイバーンが吐き出した毒が俺たちの方に流れてきて、マックとガンコッコーたちは命令通り、翼を懸命に羽ばたかせながら、全力で毒を吸い込んでいく。

このタイミングで俺がやることは、こいつらに後ろから家畜ヒールを掛け続けて、毒によるダメージを即座に回復させることだった。魔力には余裕があるので、ついでにルゥにも家畜ヒールを掛けておく。ルゥは相変わらず無傷だが、大立ち回りを繰り広げているので、少しは疲労が溜まっているかもしれない。

俺の手厚い支援のおかげで、マックとガンコッコーたちは一羽も欠けることなく、窮地を乗り越えることが出来た。

ワイバーンたちは毒の息が効かないと分かるや否や、魔法による風の刃《やいば》を飛ばしてくる。これはマックの身体を盾にすることで防ぎ、当然のように家畜ヒールで即座に回復だ。

……俺たちのマックはな、不死鳥《ふしちょう》の如く、何度でも蘇《よみがえ》るんだぞ。

「凄いじゃないアルス！　これならいけるわ!!　あたしだって、負けてらんないわよねっ！」

ワイバーンの全ての攻撃に対処出来ると分かって、モモコは安心しながら再び指揮を執り始めた。

そうだ、俺たちは凄い。家畜ヒールがあるおかげで、俺以外は即死じゃなければ、即座に完全回復する。決定打を持たない相手からしたら、まさに不死身の軍勢だろう。

俺たちが粘《ねば》り強くワイバーンと渡り合っている間に、最前線で獅子奮迅《ししふんじん》の活躍をしていたルゥが、遂にクイーンのもとまで辿り着いた。

そして、そいつの頭を渾身の力を込めた飛び蹴りでかち割り、見事に勝利を収める。

後は残党を処理するだけ、という段階になって――俺はふと、疑問を抱く。ワイバーンの群れは確かに、強敵と言えば強敵だったが、ルゥがあれほど警戒するような敵だったのだろうか？

キングを速攻で倒せたことが功《こう》を奏《そう》したと言われれば、まあ、その通りだと思うが……どこか釈《しゃく》然《ぜん》としない気持ちが、俺の心の中に残った。

21話　戦利品

　ワイバーンの残党処理が終わって、結果的に俺たちは犠牲者なしで勝ち切ることが出来た。何回か盾として扱ったマックだけは、随分と草臥れて老《ふ》け込《こ》んだように見えるが、死んでいないので犠牲者には含めない。

「ルゥ、お手柄だな。本当によくやってくれた」

　俺がルゥを労うも、ルゥは耳をピンと立てたまま警戒を解かずに、小さく頭を振って山脈の方へと目を向けた。

「……こいつら、違う。強い奴、引き返した。……あっちから、ルゥたちのこと、ずっと見てる」

　どうやら、ルゥが警戒していた大物の気配は、つい今し方倒したワイバーンたちのものではなかったらしい。

　ルゥはワイバーンたちを圧倒していたので、少しも苦戦しないような相手を警戒するというのは、やっぱり不自然な話だった。俺も先程から、釈然としない気持ちを抱いていたので、ルゥの報告に驚きはしない。

「ルゥの言うことは信じるけど、俺には視線なんて感じられないな。モモコは何か感じるか？」

モモコはワイバーンたちが襲来する前に、『肌がピリピリする』とか言って、気配を感じ取っていたが……。

「な、何も感じないわよ……？　あたしの直感は、ワイバーンたちが危険だって、教えてくれただけみたい……」

ルゥとは違って、モモコにとってはワイバーンの王と妃《きさき》なんて、遥か格上の相手だ。そのため、モモコの直感が危険だと訴えていたのは、こいつらで間違いなかった。

しかし、ルゥが警戒している大物の気配に関しては、さっぱり分からないと言う。

「つまり、モモコの直感には引っ掛からないほど、遠くから見られているのか……。ルゥ、そいつは動いたりせずに、ただ俺たちを見ているだけか？」

「……ん、そう。……でも、何だか、怒ってる」

「怒ってる？　それなら、ワイバーンの親玉っぽいか……？　群れが負けたから、ボスが怒っているのかもな」

ルゥが警戒している大物は、俺たちを見ながら怒りを覚えている。そのことから、俺はワイバーンの親玉の存在に当たりを付けた。怒りを覚える理由として最も納得がいくのは、やはり仲間のワイバーンが殺《や》られたからだろう。

そいつが俺たちのもとに来ることなく、途中で引き返したのは、ワイバーンの王と妃が呆気なく負けた姿を見て、俺たちのことを警戒したのかもしれない。

全ては仮定だが、筋道は通っているので、俺は自分の考えに手応えを感じた。

――しかし、ここでモモコが否定の声を上げる。

「それは変よ！　ワイバーンの最上位種はあのキングとクイーンなんだからっ、あれ以上がいるはずないわ！」

そう断言したモモコだが、俺はこれを鵜呑《うの》みにすることが出来ない。解説のモモコさんは魔物について詳しいが、それでもアシハゼのことは知らなかったので、魔物のことなら一から十まで、全てを知っているという訳ではないのだ。

もしかしたら、モモコでも知らないワイバーンの進化先があるかもしれない。

勿論、ワイバーンのボス以外の大物が出てくる可能性もある。群れを作らないグリフォンの進化個体とか、きっと単独での強さに特化した進化を遂げるはずなので、それならルゥが警戒するのも頷ける。

まあ、とりあえず、今すぐ俺たちを襲撃しない辺り、向こうも俺たちを警戒しているのだろう。不用意に手を出すと火傷では済まなくなる集団だと、俺たちはワイバーンの群れとの戦闘で示せたはずだ。

「ワイバーンだとしても、そうじゃないとしても、向こうに動きがないなら、こっちは警戒しながら待ち構えるしかない。撤収するぞ」

「そ、そんな悠長でいいの……!?　こっちから打って出るとか、した方が良くないかしら……？」

モモコが焦りの表情を浮かべながら、俺の判断を疑問視したが、俺はどっしりと構える姿勢を貫《つらぬ》こうと思う。

「時間は俺たちの味方だから、膠着《こうちゃく》状態が続くならそれでいい。今は牧場に戻って、戦力を増強したいんだ」

今回の戦闘で、俺たちは二十匹ほどのワイバーンを倒した。こいつらを解体して素材から因子を抽出すれば、ワイバーンの因子が注射器四十本分になる。

ガンコッコーがコカトリスに進化するために必要な因子。その正確な量は不明だが、マックと同じように四本使って一羽が進化すると考えよう。その場合、コケッコーのラブは毎日五十個ずつ溜まっているので、二日に一羽のペースでコカトリスが増えて、二十日後には十羽のコカトリス部隊が爆誕《ばくたん》することになる。

この部隊に俺が後方から家畜ヒールを掛け続ければ、相手がルゥと同じ英雄でもない限り、まるで負ける気がしない。

そこまで算段を立てて、俺は牧場魔法でワイバーンたちの解体と因子の抽出を手早く終わらせた。

——ただ、王と妃を解体した際に、普通のワイバーンの素材とは別で、人間用にサイズダウンした王冠とティアラ、それと一メートルくらいある大きな卵が一つずつ出てきたので、これらは因子を抽出せずに取っておくことにした。

王冠とティアラはただの装飾品なのか、それともマジックアイテムなのか、ゼニスが来たときにでも調べて貰おう。

卵に関しては、とても謎だ。魔物とは、魔素が濃い場所から湧き出るか、あるいは普通の動物が変異して生まれる存在。つまり、子供を産んだりはしないので、ワイバーンの王と妃のお腹の中に、卵があったとは考え難い。

そもそも、クイーンはともかく、キングからも卵が出てきたのは、不自然極まりない。キングって雄じゃないのか？

「……アルス。これ、美味なもの？」

ルゥはワイバーンの卵を撫でながら涎を垂らしているが、山脈からの帰り道に食べたワイバーンの肉は、あんまり美味しくなかったので、卵も微妙な気がする。

ちなみに、ワイバーンの肉はゴムに似た食感で、旨味のないササミのような味だった。

……まあ、この卵が仮に美味しかったとしても、俺は孵化させて何が生まれるのか、確かめてみたい。もしかしたら、食用の無精卵だったり、あるいは卵の形をしたマジックアイテムだったりという可能性もあるが、牧場に新しい家畜が生まれる可能性だってあるのだ。

――俺たちがワイバーンの王と妃を倒してから、何事もなく二十日が経過した。

当初の予定通り、俺は十羽のガンコッコーをコカトリスに進化させようと試みたが、新しくコカトリスになった個体は全部で五羽だけだった。どうやら注射器四本分の因子だと、変異進化する確率は50％程度らしい。

それ以外のガンコッコーは正統な進化先と思しき魔物、ガトリングコッコーになっている。

こいつの大きさは一メートルくらいで、ガンコッコーのお尻から無骨なガトリング砲を生やしたような姿をしており、テンガロンハットの代わりに迷彩柄《めいさいがら》の戦闘用ヘルメットを被っていた。

攻撃手段はお尻のガトリング砲から、卵型の石を連射するという、誰もが予想していたもので、一発一発の威力はガンコッコーの頃と比べても大差ないが、秒間三十発もの石を撃ち出すことが可能になっている。

しかし、その代わりにガンコッコーよりも動きが遅くなって、小回りも利かなくなったので、純粋な上位互換とは言い難い。……まあ、それでも間違いなく、戦力の増強には繋がった。

コカトリスよりは断然弱いが、ガトリングコッコーなら身体の大きさ的に、ダンジョンの探索が出来るのも注目のポイントだろう。それと、コカトリスはこれ以上進化出来ないが、ガトリングコッコーはコケッコーのラブを千個も用意すれば、更に進化させることが出来る。

一体どのような進化を遂げるのか、気になると言えば気になるのだが……今は一先ず、ガンコッコーを増員するためにラブを使っていくつもりだ。

ガンコッコーの役割は謂わば歩兵なので、最低でも他の種類の五倍は欲しい。コカトリスとガトリングコッコーは、どちらも小回りが利かない自走砲のようなものなので、弱点となる懐に入られないよう、ガンコッコーに守らせる必要がある。


「――ルゥ、まだ大物の視線とやらは感じるか？」

牧場にて、いつもの四人で朝食をとっている最中、俺がルゥにそう問い掛けると、ルゥは口いっぱいに頬張っていたササミの塩焼きを呑み込んで、山脈がある方角を見つめながら小さく頷いた。

「……ん、感じる。でも、もう怒ってない……かも？」

ルゥは未だに大物の視線を感じ取っているが、この二十日間でそれが当たり前のことになってしまったので、もう過度な警戒はしていない。

大物が放っていた怒気を感じ取れなくなったのも、警戒を緩ませる大きな要因になっている。

「怒ってないなら、もう大丈夫ッピね！　一時はどうなるかと思ったッピ！」

ピーナがホッと胸を撫で下ろしたところで、モモコが訝しげに眉を顰《ひそ》めた。

「本当に大丈夫なのかしら……？　もう怒ってないのに、今でもあたしたちに視線を向けているなんて、何だか不気味なんだけど……」

モモコの言う通り、怒ってもいないのに大物が俺たちを監視している現状は、不気味で恐ろしい。

件《くだん》の大物について、現時点で分かっていることは、徒歩で片道三日の距離にある山脈から、俺たちが暮らす牧場を視認出来る能力を持つということだけ。これが『視《み》る』に特化した相手なら、気持ち悪いが脅威度は低いので、俺はそういう存在を望んでいる。

……まあ、何にしても、こちらから打って出るつもりがない以上、俺たちはいつも通りの日常を過ごすしかない。

つらつらとそんなことを考えながら、食事が終わったところで、俺はハッチーの様子を見に向かうことにした。これは日課でもある。

「ご馳走様でした。……さて、俺はハッチーの飼育区画に行くけど、誰か付いてくるか？」

「ガンコッコーたちの訓練があるから、あたしはやめておくわ。ガトリングコッコーを部隊に組み込んだから、足並みが揃わなくなって苦労しているのよね」

「ボクもコケッコーたちの面倒を見るから、やめておくッピ！」

モモコとピーナは俺の誘いを断って、自分の仕事をするべくゲルから出ていった。

実はつい最近、ハッチーの巣分けが終わって、新しい女王ハッチーが自分の巣を作り始めたので、その巣が無事に完成したら古い方の巣を解体しようと思っている。

今日辺りには、もう完成していても不思議ではないので、採れたての蜂蜜を食べられるかもしれないのだが……。

誰も来ないと言うなら、仕方ないな。どうせ夜にはデザートとして出そうと思っているので、朝は俺一人で堪能《たんのう》しよう。

「……アルス。独り占め、良くない。……美味なもの、ルゥも食べる」

俺は何も言っていないのに、ルゥは持ち前の勘の鋭さで、俺が美味しいものを食べようとしていることに気が付いた。

ルゥは普段、朝食をとり終えたら牧草の上で惰眠を貪り始めるのだが、今日は俺の背中にぴったりと張り付いて、梃子《てこ》でも動かない構えを見せている。

22話　蜂蜜

――俺がルゥと共にハッチーの様子を見に行くと、新しい巣はしっかりと完成していた。

予定通り、古い巣を女王ハッチーと働きハッチーごと牧場魔法で解体してみると、赤、青、紫、白、黄色と、宝石のような輝きを宿す色とりどりの蜂蜜が、大きめの瓶に入っている状態で出てきた。

瓶の本数は合計十本で、一本当たりに５００㎖《ミリリットル》くらいの蜂蜜が入っている。

他にも、ダイヤモンドのような蜜蝋のブロックが二個と、真珠のような艶のある蜂の子が一箱分、それからハッチーのラブが一個という収穫だ。

「巣の大きさに反して、収穫量が少ない気もするけど……、一か月程度で巣分けをするって考えると、悪くない収穫量なのか……」

後は肝心の味を確かめるべく、俺は懐から取り出したスプーンを使って、美しい赤色の蜂蜜を掬《すく》い、大いに期待しながら口の中へと運ぶ。

そして、蜂蜜が舌の上に載った瞬間――俺の頭の中には、無数の花々が咲き誇る天上の楽園が形成されて、楚々《そそ》とした花の香りと濃厚な甘みが、全身に染み渡るように広がった。

もしかしたら、俺の身体に流れている血液は、一滴残らず甘くなってしまったかもしれない。

余りにも刺激が強過ぎる甘味であったため、思わず腰が抜けて立っていられなくなる。

……参った。これが『食べる宝石』と呼ばれるジュエルハッチーの蜂蜜か……。

この世界の甘味と言えば、俺が知る限りでは、胸焼けがするほど砂糖《さとう》をふんだんに使ったお菓子ばかりなので、王城で暮らしていた頃は甘味を毛嫌いしていたが、こんな代物があると昔から知っていれば、我儘《わがまま》を言って定期的に用意して貰っていたはずだ。

「……アルス、ズルイ。ルゥも、ルゥも食べる」

「ああ、貴重なものだから、よく味わって食べるんだぞ」

背中にくっ付いているルゥが、羨ましげに身体を揺さぶってくるので、俺はスプーンに蜂蜜を載せて、ルゥの口元まで運んでやった。

そして、ルゥは蜂蜜を食べた瞬間、慌てて自分の頬を両手で押さえ、ポロポロと涙を零し始めた。

「……大変。ほっぺ、落ちる。……ルゥのほっぺ、変になった」

美味しいものを食べたときに、『頬が落ちそう』という慣用句《かんようく》を聞いたことはあるが、ルゥは本気で自分の頬が落ちると勘違いしている。

思えば、大草原で暮らしていたルゥは本格的な甘味を食べたことがないはずなので、蜂蜜を食べて受ける衝撃は俺以上だったのだろう。

「頬が落ちそうなら、もう食べない方がいいな。この蜂蜜は危ないから、封印《ふういん》しよう」

「……やだ。ルゥ、もっと食べる。……アルス、頂戴《ちょうだい》」

俺が意地悪を言うと、ルゥは頬を両手で押さえたまま首を横に振って、餌を待つ雛鳥《ひなどり》のように口を開けた。

「あんまり食べ過ぎると、すぐになくなっちゃうから、あと一口だけだぞ」

蜂蜜の味は確かなものだと分かったし、今後しばらくは巣を解体せずに、女王ハッチーを増やすことに注力しようと思う。

つまり、次に新しい蜂蜜を確保出来るのは、数か月も先のことだ。今ある蜂蜜は大切に食べなければ……。ああでも、鳥獣人たちに一瓶くらいは分けてあげようかな。

今回、女王ハッチーの数を増やす前に巣を解体したのは、蜂蜜の味を確かめるのと同時に、ハッチーのラブも一個は入手しておきたいという理由があった。

このラブを使えば、牧場魔法で破壊不可のハッチー用の家畜小屋——もとい、巣箱が作れるので、仮に外敵が牧場内に侵入したとしても、女王ハッチーにはそれなりの安全が保証されるのだ。

俺は早速、第四の牧場魔法でハッチー用の巣箱を用意してみた。ズモモモモ……と地面から生えてきたのは、高さ二メートルほどの巣が十個まで入る大きな重箱式の巣箱で、女王ハッチー十四分の群れが暮らせる堅牢《けんろう》な住処だった。

つい先程、次に蜂蜜を確保出来るのは数か月後だと予想したが、この巣箱にもコケッコーの家畜小屋と同様に、自動で何らかの畜産物を集めてくれる収納箱が備わっているので、もしかしたら巣を解体しなくても、蜂蜜が手に入るかもしれない。

この巣箱が一杯になるほどハッチーが増えたら、花をつける牧草が足りなくなりそうなので、今のうちにハッチーの飼育区画を広げておこう。

「……アルス、もう一口。……ルゥ、もう一口だけ、それ食べたい」

「モモコとピーナにも持っていくから、今はもう駄目だ。我慢しなさい」

俺が素気なく断ると、ルゥはあからさまにしょんぼりとしたが、それでも諦めずに雛鳥の如く口を開けた。

俺は蜂蜜の代わりに、干し肉をルゥの口に放り込み、収穫物を持って踵《きびす》を返す。今日は初めて蜂蜜が採れた特別な日だから、夕食は唐揚げにしよう。

こうして、俺たちがゲルに戻ったところで、ハッとなったルゥが俺の服の裾《すそ》を引っ張る。

「……アルス。もしかして、今日、特別な日？」

「ああ、当たり前だろ。何せ、初めて蜂蜜が採れた日だからな。正真正銘、紛うことなき特別な日だ」

俺が唐揚げの仕込みを始めた途端、ルゥはキラキラと瞳を輝かせて、勢い良く尻尾を振り始めた。その様子にくすりと笑みを零し、俺はふと良いことを思い付く。折角蜂蜜が手に入ったので、いつもの唐揚げとは別に、香味醤油、一味唐辛子、蜂蜜の三種を使った甘辛い手羽先も作ろう。

——この後、昼食時になってからモモコとピーナにも蜂蜜を食べさせると、二人ともルゥと同じように頬を押さえて、ポロポロと涙を零していた。

この日から、『蜂蜜を食べるときは頬が落ちないように、両手で自分の頬を押さえておく必要がある』という、謎の共通認識がルゥたちの間に生まれて、蜂蜜を食べるときは両手が塞がってしまうみんなの口元まで、俺が蜂蜜を運んでやることが習慣になった。

ちなみに、夕食時に出した甘辛い手羽先は、俺以外の全員が真顔で食べていた。

俺が食べた限り、この上なく美味しかったことは間違いないのだが、しょっぱい、甘い、辛いの三位一体《さんみいったい》となった未知の味に、他の面々は理解が追い付かないまま、手と口だけが黙々と動き続けて、いつの間にか完食していたのだ。

彼女たちは後に、口を揃えて『途轍《とてつ》もない何かが口の中に入っていた』と述べているが、そのときの記憶は半分ほど飛んでしまったらしい。


——みんなで初めて、蜂蜜と甘辛い手羽先を食べた次の日。

俺たちは朝から、ガンコッコーたちをダンジョンへ送り込み、その雄姿をゲルに設置してあるテレビで眺めていた。

すると、ダンジョンの中で、アシハゼが蟹《かに》に襲われている現場を目撃してしまう。このダンジョンで蟹なんて初めて見た。

その蟹は胴体だけでも一メートルほどの大きさがあって、手足を含めると二メートルほどもある。甲羅《こうら》の色は赤茶色で、六本の脚と二本の腕を持っており、腕の先には鋭利な鋏《はさみ》がくっ付いていた。

「アルスっ、大変よ！　ダンジョンの中に、今までとは違う魔物が現れたってことは、ダンジョンが成長したんだわ！」

「おおっ、そうか。遂に成長したのか」

モモコの言葉を聞いて、俺は関心を抱きながら前のめりになり、テレビ画面に注目する。

実は第一階層の地図なら既に完成しており、ガンコッコーたちには第二階層の探索をして貰おうと思っていたのだが、つい最近まで肝心の第二階層には、小部屋とも呼べないような狭い空間がポツンと一つあるだけだった。

これはダンジョンがほとんど成長していない証であり、アシハゼとしか戦えない現状にガンコッコーたちもマンネリ気味になっていたので、ダンジョンの成長は決して悪い変化ではない。

あくまでも、『俺たちとしては』という話だが……。

ダンジョンは成長と共に、新しい魔物が出現するようになるので、旧来の弱い魔物にとっては最悪の変化だった。何故なら、彼らは大抵の場合、新しい魔物の餌食《えじき》になってしまう。

「ピッ!?　アシハゼがやられちゃったッピ！　あの魔物っ、強いッピよ！」

ピーナがテレビ画面を指差しながら、アシハゼとは比べ物にならない蟹の強さに戦慄《せんりつ》した。

蟹は口から勢いのある水鉄砲を飛ばしてアシハゼを怯ませ、その隙に素早い横歩きで近付くと、鋭利な鋏によって容易くアシハゼを仕留めたのだ。

こうして、意気揚々とアシハゼを捕食する蟹だったが、ダンジョン内には他のアシハゼも存在しており、彼らも闘争心が高い立派な魔物なので、やられっぱなしで黙ってはいない。

別のところからやってきたアシハゼが、食事中の蟹に向かって、お得意の飛び蹴りをお見舞いする。

脛毛がもじゃもじゃで、何だか臭そうな足による一撃。それは確かに、蟹に直撃したが——残念ながら、蟹は微動《びどう》だにしていない。

甲羅が頑丈だったのでダメージを与えられず、むしろ攻撃した側のアシハゼが足首を捻ってしまうという、とても残念な結果になっている。

「牽制用の水鉄砲に、攻撃力が高い鋏。横歩き限定だけど素早さも中々で、頑丈さはかなりのもの……。この蟹、シンプルに強いな」

俺は冷静に分析して、蟹の脅威度がアシハゼとは桁違《けたちが》いであることを認識した。旧来の魔物であるアシハゼが、ダンジョン内で生まれなくなる訳ではないが、この分だと蟹に狩られまくって、俺たちの糧《かて》になる分は目減りするだろう。

つまり、美肌ポーションと育毛ポーションで大儲け出来る期間が、遂に終わってしまったということだ。

まあ、久しぶりに蟹が食べられそうだし、残念だとは思わない。

「……アルス。あの魔物、美味なもの？」

「俺が知っている蟹と同じ味なら、間違いなく美味い。……けど、あいつは魔物だから、味の保証は出来ないな」

俺の後半の言葉は聞こえていなかったのか、ルゥは涎を垂らしながら、テレビに映る蟹をジッと見つめた。

モモコはそんなルゥを見遣り、ここでガンコッコーたちを撤退させたらルゥが落ち込むだろうと察して、マイクを強く握り締めながら、蟹を倒そうと決意する。

「ガンコッコーだけなら、難しい戦いになったかもしれないけど……っ、こっちには真打《しんうち》のガトリングコッコーがいるわ！　総員っ、あの蟹に全力で攻撃よッ‼」

今回、俺たちがダンジョンへ送り込んだ部隊の編制は、ガンコッコーが六羽と、ガトリングコッコーが一羽だ。

司令官であるモモコの指示に従い、まずは六羽のガンコッコーたちが、蟹に向かって卵型の石を撃ち込んでいく。蟹の甲羅が硬くてダメージを与えられないが、何とか怯ませて足止めすることは出来ていた。

その間に、動きの遅いガトリングコッコーが、ゆっくりと蟹にお尻を向けて、しっかりと狙いを定める。

そして、次の瞬間――毎秒三十発もの卵型の石が、嵐のように蟹を襲った。

一発一発はガンコッコーが放つ石と同程度の威力しかないので、結局のところ蟹にダメージを与えることは出来ないと思えるが、どんなに頑丈なものでも疲労が蓄積すれば、いずれは限界が訪れるものだ。

蟹は二十秒ほど持ち堪えたものの、そこで甲羅に小さな罅《ひび》が入り、後はあっという間に砕け散って、力なく地面に横たわった。

改めて実感するが、ガトリングコッコーは強い。コケッコーのラブを百個も消費する価値があると示すように、その実力を遺憾《いかん》なく俺たちに見せつけてくれた。

23話　カタイガニ

――ガンコッコーたちは、無事に倒した蟹を牧場まで持ち帰ってくれた。この蟹にも何か、魔物らしい名前を付けようと思って考えた結果、俺は分かりやすく『カタイガニ』と命名する。

解体して素材となった甲羅の強度以上に、カタイガニが生きていたときの甲羅は硬かったので、十中八九あれは魔法由来の硬さだろう。それ故に、硬い蟹、カタイガニだ。

以前、大草原で初めてウカブゾウの名前を聞いたときに、顔も知らない誰かのネーミングセンスを酷いと思ったが、俺も人のことは言えないらしい。

ガンコッコーたちに持ち帰らせたカタイガニを牧場魔法で解体すると、砕かれていた甲羅が綺麗に元通りとなって、手足と胴体がバラバラの食べやすい状態になった。

中々の防御力を誇る魔物だったので、因子を抽出したいところだが、ルゥは今から食べる気満々なので、今日のところは全て食材に回す。

蟹の調理方法と言えば、俺としては塩茹《しおゆ》でが一番しっくりくるのだが、食材になったカタイガニの各部位の大きさは生前と変わらないので、茹でるのは一苦労しそうだった。仕方ないので、今回は焼いてみようと思う。

「ねぇ、アルス……。これって本当に、食べられるの？　こんなに硬い甲羅を持っている魔物、とてもじゃないけど食用だとは思えないわよ？」

薪を並べてカタイガニを焼いている最中、モモコは不安げに木の棒で甲羅を突きながら、俺に疑惑の目を向けてきた。大草原では甲殻類を食べる機会なんて、一度もなかっただろうから、疑ってしまうのも無理はない。

「うーん……。魔物じゃない普通の蟹は美味しいんだけど、魔物の蟹となると、美味しさは保証出来ないな……」

一応、アシハゼの切り身は美味しかったし、カタイガニも美味しい可能性は十分にあるはずだ。

と、俺はそう答えながら、甲羅をひっくり返して裏面からもじっくりと火を通していく。

甲殻類は大きければ大きいほど灰汁《あく》が強いと、前世で聞いたことがあるのだが、その法則が魔物には当て嵌まらないことを祈るしかない。何だかんだで、甲羅の中から滴ってきた汁は良い匂いがするので、俺たちの期待値は徐々に高まっている。

「……モモコ。いらないなら、ルゥが貰う」

「い、いらないとは言ってないわよ！　みんなが食べるなら、あたしだって食べるんだからっ」

ルゥは隙あらば自分の取り分を多くしようとするので、モモコは慌ててルゥを牽制した。初見からカタイガニを食材として認識するのは難しいが、初めて食べるものが美味しかったというパターンは、この牧場で何度も経験しているので、モモコも内心では少し期待しているのだろう。

「いい匂いッピね！　いっぱいあるから、鳥獣人のみんなにも分けてあげたいッピ！」

「ああ、そうだな。これだけあるし、脚を何本か持っていかせよう。……味の保証は、まだ出来ないけど」

カタイガニを焼き終わった後、俺はピーナに鳥獣人の戦士たちを呼んで来て貰い、彼らにカタイガニの脚を持っていかせた。味を確かめる前に渡したので、不味ければ一蓮托生《いちれんたくしょう》で辛い思いをして貰うことになる。

蟹には割とどんな調味料でも合うと思っているが、今回は素材の味を楽しむべく、何も使わずに食べよう。

「――それじゃ、いただきます」

「「「いただきます」」」

手と手を合わせて、命の糧に感謝する。そして、いよいよ実食。

一メートルほどもあるカタイガニの胴体をルゥに割って貰って、中身をスプーンでほじくり出す。

その身は普通の蟹の身と同じような繊維状《せんいじょう》で、透き通るような白さだ。焼き加減も丁度良く、全体的にふっくらと仕上がっていた。

繊維の一本一本は太いが、噛み締めてみると食感は非常に柔らかい。それから、肝心の味はと言うと――かまぼこ？

……何度噛み締めても、かまぼこの味がする。加熱した魚肉の練《ね》り物《もの》の味なので、紛うことなきかまぼこだ。

「これ、結構美味しいわね！　甲羅はカッチカチなのに、中身がこんなにふっくらしているなんて、本当に不思議な魔物だわ」

「……美味。これは良きもの」

「これならみんな、喜んで食べてくれるッピ！　とっても柔らかいから、子供とお年寄りに重宝《ちょうほう》されそうだッピね！」

モモコ、ルゥ、ピーナの順に、それぞれの評価は上々だった。みんなは本物の蟹の味を知らないので、これが蟹の味だと思い込んでいるに違いない。

牧場産の食べ物と比べると、やはり物足りなさを感じるが、これはこれで間違いなく美味しい部類の食べ物なので、俺としても評価は低くない。

しかし、俺は蟹を期待していたのに、まさかのかまぼこって……。勿論、かまぼこが悪いとは言わない。かまぼこは美味しい食べ物で、俺も前世では梅干しを少し載せて食べるのが大好きだった。

だから、別に不満はないのだが……それでも、これだけは言わせて貰いたい。

「――これ、カニカマじゃん」

こうして、カタイガニの実食が終わり、俺だけが若干の物足りなさを感じながら、今日も恙《つつが》なく一日が終わる。

そして、次の日――

俺たちの牧場では、新しい生命が誕生していた。

コケッコーの羽毛布団を何重にも掛けておいたワイバーンの卵が、二つとも無事に孵化したのだ。

生まれたのは『ベビーワイバーン』とでも言うべき、体長が一メートルにギリギリ届かないくらいの小さなワイバーンで、最初に目を合わせた俺のことを親だと思っているのか、円《つぶ》らな瞳で俺を見つめながら、甘えるような鳴き声を発している。

瞳の色は、雄だと思しき方が、青空に浮かぶ太陽のような色合いで、雌だと思しき方が、夜空に浮かぶ月のような色合いだ。

「あたし、魔物の子供なんて初めて見たわ……。そもそも魔物が卵を残すこと自体、不思議だったんだけど……まさか、本当に孵化するなんてね……」

モモコがベビーワイバーンの頭を撫でながら、しみじみとそう呟いた。

魔物を普通に解体しても卵なんて残らないのだから、やはり牧場魔法で解体したことが原因となっているのだろう。

戦利品である王冠とティアラにしても、牧場魔法による解体前はワイバーンの頭に丁度良いサイズのものだったが、解体後は人の頭に丁度良いサイズまで小さくなっている。これも普通に解体しただけでは、こうはならない。

つくづく不思議な魔法だと思いながら、俺は以前から気になっていたことを呟く。

「そういえば、このワイバーンって……卵から孵った時点で、もう魔物とは違う生物なんじゃないのか……？」

「別に魔物でもそうじゃなくても、ワイバーンはワイバーンじゃないかしら？」

モモコは俺の呟きを聞いて、だからどうしたと言わんばかりに首を傾げた。どうやらモモコには、事の重大さが分からないらしい。

「こいつら、魔物じゃなかったら繁殖するかもしれないぞ」

「……あっ！　た、確かにそうね……!!　沢山繁殖させて、牧場の戦力にワイバーンの群れを加えられたら、とっても心強いじゃない！」

ワイバーンの群れとの戦闘は、ルゥの活躍と家畜ヒールの性能に頼って勝ちを拾うことが出来た。しかし、ワイバーンの群れが手強《てごわ》いということは、揺るぎない事実なのだ。それが味方に付くとなると、モモコの言う通り、非常に頼もしく思える。

俺は航空《こうくう》戦力になるワイバーンの部隊を作ろうと夢見て、ベビーワイバーンを大切に育てようと決めた。

……まあ、繁殖したら解体も視野に入れるので、名前までは付けないが……まず手始めに、こいつらにコケッコーの生卵と生肉を食べさせると、二匹とも翼をバタつかせて大喜びした。可愛い。……いや、駄目だ。解体も視野に入れるんだから、絆《ほだ》される訳にはいかない。

生まれたばかりの子供なのに、ベビーワイバーンは一匹当たり、一度の食事でコケッコーの生卵五個と、生肉を丸々一羽分も平らげた。これは維持コストが、かなり掛かる。ちなみに、牧草は食べてくれない。

鳥獣人が使わなかったゲルが余っているので、一先ずはそれをベビーワイバーンの家畜小屋として使おう。

「――第三王子はん！　ウチや！　大商人のゼニスが来たでー!!」

俺とモモコの二人が、生まれたばかりのベビーワイバーンの面倒を見ていると、ゼニスが転移魔法を使って牧場にやってきた。

調味料は節約しながら使っていたので、まだまだ残っているが、補充出来るのはとても有難い。

それに、野菜の種や胡椒の苗など、調達を頼んでおいたものが多々あるので、それも楽しみだ。

ただ、取引を行う前に、ずっと気になっていた王冠とティアラの鑑定《かんてい》を頼もう。

「ゼニス、よく来てくれた。早速で悪いんだけど、この王冠とティアラを鑑定して貰いたいんだ。出来るか？」

俺はゼニスを来客用のゲルに案内して、モモコに給仕《きゅうじ》をして貰いながら王冠とティアラを見せてみた。

ゼニスはモモコから受け取った牛乳を一気に飲み干して、ドンと自分の胸を叩く。

「任せとき！　ウチの眼鏡は、ものの品質や効果なんかを確認出来るマジックアイテムやからな！　楽勝やで！」

物品鑑定用のマジックアイテム。それがこの世界で流通していることは知っていたので、ゼニスなら持っているだろうと思ったが、案《あん》の定《じょう》だった。

ゼニスは王冠を手に取ってジッと目を凝らすと、次第に顔を青褪《あおざ》めさせて、全身をプルプルと震わせる。

……その反応は何だ？　まさか、死んだワイバーンキングの怨念《おんねん》が籠っている呪われた装備だったのか？

一応、俺はそういう可能性も考慮していたので、一度も王冠を被ったりはしていない。

俺が見守る中、ゼニスは額に汗を滲ませながら、慎重に王冠を置いて、今度はティアラを手に取った。そして、ここでも王冠を鑑定したときと同じような反応を見せたので、俺は盛大に頬を引き攣らせる。

「……ゼニス、俺は鑑定の結果を聞くのが怖い。でも、正直に教えて貰えるか？」

「え、ええで……。結論から言えば、これは二つとも、国宝級……いや、国宝級を超えるマジックアイテムかもしれへん……。王冠の方は男性専用の装備でな、こいつを装備していると、『支配下にある全てのモノたちの能力を二割増しにする強化魔法』が使えるんや」

ワイバーンキングと似たような、あるいは全く同じ魔法が使えるということらしい。

もしも、この王冠を俺の父親が装備したら、イデア王国に住む全ての民の能力を二割増しに出来るのだ。そう考えると、途轍もない代物だと思う。ゼニスの言う通り、国宝の中にもこれと並ぶほどのマジックアイテムは、存在しないかもしれない。

必要な魔力量に関しては、強化対象の数に関わらず一定だった。誰でも使えるとは言わないが、世間一般で『魔力が多い』とされる者であれば、問題なく使える。

「王冠の性能がそんな感じなら、ティアラの性能は召喚系か？」

「せやで。ティアラの方は女性専用の装備で、こいつを装備していると、『支配下にある全てのモノを召喚出来る魔法』が使えるんや。ウチは商人として、それなりに長いことやってんねんけど……ここまで凄いマジックアイテム、今まで見たことないな……。いやほんま、ええもん見せてもろたで」

金にがめついゼニスが、今回は目の保養になったと言って、鑑定料をタダにしてくれた。

王冠は俺が装備するとして、ティアラはどうしたものかな……。司令官のモモコであれば、ガンコッコーたちを支配下に置いていると言えなくもないが、召喚魔法を使うには相応の魔力が必要になるので、モモコでは魔力不足だ。

俺は男だから装備出来ないし、現状だと使い道がない。

「このティアラを売るとしたら、幾らで買い取って貰えるんだ？」

「いやいやいやっ、ウチの全財産を出しても足りへん！　相応の魔力を持つ女性を領主に据《す》えておけば、召喚魔法で騎士団でも領民でも、自由に、いつでも、何処にでも呼び出せるようになるんやで？　そんなもん、もう価値を付けられん代物や」

「うーん……。確かに凄いものだけど、ティアラはこっちでも持て余すだけだし、売りたいんだが……」

「いやいやっ、それよりも王様に献上《けんじょう》すればええやん!!　そんだけのもん渡せば、自分お城に戻れるやろ⁉　そんでほら、ウチを王族御用達の商人にして貰えるよう、ちょちょいと便宜《べんぎ》を図ってくれたら、嬉しいなって……」

ゼニスの言う通り、これを父親に差し出せば、俺は功績を認められて王城に戻れるかもしれない。

だが、俺にそのつもりは微塵もなかった。

ここまで牧場生活が軌道に乗って、愉快な仲間たちも増えて、悠々自適《ゆうゆうじてき》なスローライフを送れているというのに、今更堅苦しい城になんて、俺は頼まれても戻らないぞ。

24話　大物登場

――ゼニスとの取引が終わった次の日。快晴の青空の下、ワイバーンキングの王冠を被った俺は、ゼニスから買い取った高級野菜の種や、胡椒の苗なんかをせっせと農地に植えていた。

服装はいつも通り、若草色の民族衣装を着ているので、絶望的に王冠の存在が浮いて見えるが、昨日の今日なので折角だから被っておきたいのだ。

この農地は土に緑肥となる牧草を混ぜ込んで作った場所だが、元々は不毛の大地だったので、しっかりと作物が育つ保証はない。

ゼニス以外の商人から、わざわざミミズ入りの腐葉土《ふようど》なんかも仕入れたので、それなりに手間が掛かっている。だから、豊作とまでは高望みしないので、程々の収穫量で良いから成果が欲しい。

と、こうして始まった俺の自家栽培《じかさいばい》。いつの日か新鮮な野菜が食べたいので、挑戦あるのみだ。

ゼニスとの取引に関しては、今回も美肌ポーションと育毛ポーションで支払った。だが、ダンジョンが成長したことでアシハゼが激減したので、次回の取引からは用意出来るポーションの数が大幅に減る。そのことは昨日のうちに、抜かりなくゼニスに伝えておいた。

ゼニスは残念そうにしていたが、それでもジュエルハッチーの飼育が上手くいっていることを知って、次回から蜂蜜や蜜蝋、それに蜂の子を取引して欲しいと言ってきた。

俺には蜜蝋の使い道がなかったし、昆虫食《こんちゅうしょく》は慣れていないということもあって、蜜蝋と蜂の子は今回の分をゼニスに買い取って貰い、次回以降も売ると約束してある。

しかし、蜂蜜に関しては自分たちが食べる分を優先するので、言葉を濁《にご》しておいた。収穫量が牧場内での消費量を上回れば売れるが、あの蜂蜜は鳥獣人たちも熱望しているものなので、しばらくは難しいだろう。

俺が一瓶だけ分けた蜂蜜を大切に舐め合っていた鳥獣人たちは、初めての甘味に魅了されてしまったのだ。仮に山脈に潜む脅威が全て取り除かれたとしても、胃袋を掴まれている彼らは、この牧場の一員として一生ここで暮らしていくだろう。

ゼニスとは違って、普通に歩いて牧場を訪れる幾人かの行商人は、警備のために巡回しているコカトリスを見て腰を抜かす。そんなときは、交代で上空から牧場周辺を見て回っている鳥獣人たちが、商人を俺のもとまで案内してくれ、そのおかげでスムーズに取引を行うことが出来ている。

このような形で、非戦闘員もコケッコーの飼育以外で役に立っており、俺としては今更彼らを山脈に帰したくはないので、今後も美味しいものを提供していこうと思う。

「――よし、とりあえず種蒔《たねま》きは終わりだな。次は水遣りか」

ゼニスが王国中から集めてきた野菜の種は、国一番のトマトや国一番のキュウリ、国一番のジャガイモなど、とにかく『国一番』に拘っている高級路線のものばかりだった。

どれもこれも、原産地では活きが良い野菜らしい。野菜に活きも何もないだろうと思ったが、どうやら本当に活きが良くて、畑の上を走り回るのだとか……。俄《にわ》かには信じ難く、思わず魔物化を疑ってしまったが、人間を襲うことはないそうで、魔物ではないらしい。

この牧場ではどうなるのか、不透明な部分は多々あるが……とりあえず、近くに違う種類の野菜を植えると喧嘩したりするそうなので、きちんと農地を区切って種を植えてある。

別に走り回ってくれても良いから、今は無事に育ってくれることを祈ろう。

当面、水遣りは俺の仕事になるが、植えた種と苗が結構な数になるので、下級魔法で水を出せる人材を確保したら、この仕事を押し付けたいところだ。

「……ルゥ、アルスのこと、手伝う。美味なもの、ルゥも育てる」

「ルゥは下級魔法、使えないよな……？　ああでも、渇きの石を使えばどうにかなるか」

有事の際を除けば、普段は食べて寝てを繰り返しているだけのルゥが、遂に自分から仕事をしようとしている。

モモコがガンコッコーたちの指揮を執って、ダンジョンからアシハゼとカタイガニを獲ってきたり、ピーナがコケッコーの面倒を見て、美味しい肉の生産に一役買ったりと、皆が何かしら美味しいものを調達するために頑張っているので、ルゥもこうして関与したくなったのかもしれない。

食べ物を自分の手で育てて、自分たちの糧にする。これは情操《じょうそう》教育にもなると思ったので、俺は積極的に畑仕事をルゥに任せてみようと決めた。

「……アルス。ルゥ、どうしたら、美味なもの、作れる？」

「うーん……。まあ、真心を込めることかな。『美味しくなーれ』って祈りながら、水遣りをするといいかもしれない」

「……ん、分かった。ルゥ、頑張る」

ルゥはゲルから持ってきた渇きの石を使って、俺が教えた通りにそれぞれの畑に、適量の水を与えていく。

美味になーれ、美味になーれ……と呟きながら、真剣な表情で水遣りをしているルゥの姿に、これで何も育たなかったらグレてしまうのではないかと、俺は一抹《いちまつ》の不安を感じた。


こうして、ルゥの初めての水遣りが終わった後。昼食時まで時間を持て余すことになったので、俺たちが牧草の上に寝転がってのんびりしていると、ルゥが突然飛び起きて山脈の方を睨み付け、警戒するように唸り声を上げ始めた。

どうやら遂に、山脈の方からずっと俺たちの様子を窺っていた大物が、動き出したようだ。


——俺、モモコ、ルゥの三人。それからガンコッコー五十羽、ガトリングコッコー五羽、マックを含めたコカトリス六羽。

これだけの戦力で俺たちは牧場から出陣して、不毛の大地の上で陣形を組んだ。

俺は自分が被っている王冠に意識を向けて、俺以外の全員に強化魔法を掛けておく。一人当たりの能力が二割増しというのは、言うまでもなく強力だ。しかも、元々強いルゥの能力まで例外なく二割増しになるのは、余りにも反則染みている。

「ねぇ、あの空にある影……。まさか、あれがルゥの言っていた大物なの……？」

「……ん、そう。あれ、すごく強い」

モモコが指差した山脈方向の空には、大きな影がポツンと一つだけ見えている。しかし、遠過ぎて姿形はまだ分からない。遠いのに影だけがハッキリと見えるのは、それだけの巨躯《きょく》ということだろう。

その影はこちらに近付いてきて、次第に大きさと存在感が増していく。そして、俺たちが影の正体を確認出来るようになると、それは遠近感が狂ってしまったのかと思えるほどの、超巨大生物だと判明した。

俺はルゥを除いたこの場にいる全員の心境を代弁するように、ぽつりと諦観《ていかん》の呟きを漏らす。

「ああ……これは終わったか……」

俺たちと対峙しながら、悠然と羽ばたいて空中に留まっている件《くだん》の生物は、全体的に蜥蜴《とかげ》に類似していた。

その巨躯はおよそ八十メートルほどもあり、まるで煌《きら》めく星々を内包しているような、宇宙空間を思わせる神秘的な黒い鱗に覆われている。背中からは左右一対《いっつい》の大きな翼が生えており、口の中にずらりと並ぶ牙からは肉食であることが窺えて、見るからに強靭な四肢の指先からは鋭利な爪が伸びていた。

縦に割れている瞳孔《どうこう》は金色で、世紀末を生きているかの如く身体のあちこちから漆黒の棘《とげ》を生やしており、額から鼻先に掛けては、巨大な魔剣にも見える角まで生えている。

大型で爬虫類のような存在と言えば、真っ先に思い付くのはワイバーンだが、俺たちが知っているワイバーンはもっと小さい。それに、ワイバーンはそこそこ細身だが、目の前の生物には見るからに頑強な厚みがあった。

この、余りにも凶悪かつ攻撃的な姿をしている生物を見て、真っ先に思い浮かぶ名前と言えば――――老若男女を問わず、誰であっても『ドラゴン』しか有り得ない。

ドラゴンと言えば、実在する生物でありながら、単体で自然災害の一つに数えられる存在として有名である。

それこそ、学術に縁遠い農民でも知っているぐらいの、御伽噺や英雄譚にだって登場する生物だが、人類史において実際に討伐《とうばつ》が叶ったという成功例は、ただの一つとして確認されていない。

ドラゴンとはまさに、生態系の頂点に君臨している最強の生物なのだ。

そんなドラゴンが、グルルと唸ってから、ゆっくりと口を開き――――、

「あの……我、その……ドラゴンなのだ……です……」

童女《どうじょ》のような声色で、喋った。

もう一度言おう。ドラゴンが、童女のような声色で、喋った。

俺たちは真顔で周辺を見回して、実は声の主《ぬし》が別の誰かだったのではないかと探したが――

俺たち以外に、生物の影は見当たらない。

「……まあ、そうだろうな。うん、ドラゴンだ」

本人、もとい本ドラゴンの口から、改めてドラゴンだと言われなくても、そんなことは一目見れば分かる。それでも律義《りちぎ》に返事をした俺の耳に、モモコが口を寄せてコソコソと囁き掛けてきた。

「ちょっとアルス……！　なに悠長に返事してるのよ……!?　先制攻撃した方が良くない……!?」

「いやでも、なんか会話する流れになってるし……。ルゥ、あのドラゴンから敵意を感じるか？」

「……感じない。でも、あいつ、凄く強い。……警戒する」

ルゥは片時もドラゴンから目を離すつもりがないようで、俺の質問に答えている間も、ドラゴンをジッと睨み付けている。

まあ、モモコとルゥがドラゴンを警戒する気持ちも分かるのだが、敵意を感じないのなら、一先ずは落ち着いて話し合うべきだと俺は思う。

見た目が凶悪だからって、中身もそうだと決めつけるのは、何だか可哀そうだ……。

俺は少し悩んでから、二人に警戒を任せて、自分だけは0円スマイルでドラゴンとの対話に臨《のぞ》むことにした。

「それで、ドラゴンさんのご用件は？」

俺がドラゴンに外交向けの笑顔を向けると、ドラゴンはもじもじしながら、たどたどしい口調で用件を告げてくる。

「あ、あの、その……っ、わ、我のご飯……！　な、なくなっちゃって……其方《そなた》ら、盗《と》ったであろう……？　それで、その、も、文句というか……苦情というか……なんというか……代わりの食べ物が、欲しいかなーって……」

「……アルス。こいつ、ルゥの美味なもの、奪うつもり。……殺そう」

「待て待てっ、落ち着け！　大丈夫、ルゥの分の美味しいものは減らさないから！　とにかく落ち着いてくれ！　……コホン。ええと、それでドラゴンさん？　俺たちが盗ったご飯って、一体何のことかな？」

俺はドラゴンに襲い掛かろうとしたルゥを慌てて引き留め、それからドラゴンのご飯とやらが何だったのかを尋ねた。

「我のご飯……あの、ワイバーンという魔物なのだ……。ううぅっ……も、もうお腹と背中がくっ付きそうで、とっても困っておるのだぞ……!?」

ドラゴンは瞳に涙を溜めて悲愴《ひそう》感を漂わせながら、お腹の音で空腹を訴え掛けてくる。ここで俺は、一つピンときた。

……ああ、だから俺たちがワイバーンの群れを倒したときに、このドラゴンは怒っていたのか。あのときにルゥが感じ取った大物の怒気とは、まさにコイツが『食事を奪われて怒っていた気配』だったのだろう。

こうして話してみた感じ、このドラゴンは引っ込み思案《じあん》で、コミュニケーション能力に難があるように思える。そのせいで、今まで俺たちに文句を言いに来られなかったが、いよいよ空腹の限界で行動を起こした――と、そういう事情を俺は察した。

「話を聞いた限り、俺たちに全く責任がない訳でもないし、食べ物を用意することは出来る。……けど、ドラゴンさんの身体が大き過ぎて、満足に食べられるだけの量を用意するのは、ちょっと難しいな」

「あっ！　そっ、それなら！　我っ、省エネモードになれるのだ‼」

25話　ダメゴン

省エネモードになれると宣《のたま》ったドラゴンは、突如として白い光に包まれ、その巨躯を急速に縮小させながら俺たちに近付いてくる。

そして、大きさだけではなく、姿形まで変化した結果——十五歳前後の人間に近い見た目をした少女が一人、全裸《ぜんら》の状態で大地に下り立った。

その少女の肌はエキゾチックな褐色《かっしょく》で、顔立ちにはあどけなさが残っており、体型は黄金比と言って差し支えないほど均整が取れている。

瞳孔は金色で縦に割れており、髪色もドラゴンの姿だったときの鱗と同じで、煌めく星々を内包しているような、宇宙空間を思わせる黒色だった。

髪の長さは彼女が立っている状態でも、毛先が膝裏に届くほどで、あちこちが外側に飛び跳ねた癖毛になっている。頭頂部ではアホ毛が燦然《さんぜん》と自己主張しているので、もしかしたら、ドラゴンの姿だったときに額から生えていた魔剣のような角の名残《なごり》が、このアホ毛なのかもしれない。

「えっと……一応、聞いておくけど、さっきのドラゴンさんだよな……？　それが省エネモードなのか？」

俺の質問に、人型となったドラゴンは何度も頷いて、どこか自信なさげに身体を揺らす。尚、隠して貰いたいところを隠していない辺り、このドラゴンは服を着ていないことに対する羞恥心《しゅうちしん》が皆無らしい。

「う、うむ……。その、へ、変……？　で、あろうか……？」

「全裸なのは変だけど、それ以外は個性の範疇《はんちゅう》かな。……それで、ドラゴンさんに必要な食事の量って、どれくらいに収まるんだ？」

御伽噺や英雄譚の中には、黒いドラゴンが極稀《ごくまれ》に人の姿になって、物語の登場人物に力を貸すお話がある。

何処から何処までが真実なのか分からない話なので、俺はこうして実際に目にするまで、ドラゴンが人型になるというのは作り話の範疇かと思っていた。だが、どうやら実話だったようだ。

そういうお話の中に登場していたのが、目の前のドラゴンである可能性も——いや、こいつはコミュニケーション能力に難がありそうだし、無理かな。

「ううむ……。其方らが食べておったあのコケッコー、あれが一日……二十羽……？」

「…………」

ドラゴンの食事量を聞いて、俺が渋い顔と沈黙《ちんもく》で拒絶の意を示すと、ドラゴンはあわあわと手を振りながら言い直す。

「い、いや！　やっぱり一日十羽で何とかなるのだ！　うむっ！」

「譲歩《じょうほ》した風だけど、十羽でも全然多いからな……。でもまあ、十羽なら何とかなる。一応、働かざる者食うべからずってことで、ドラゴンさんにも働いて貰いたいんだけど、それは構わないよな？」

「え……。えぇぇぇぇっ!?　そ、それはちょっと……。我、働いたら負けかなって、思ってて……」

俺の要望に対して、ドラゴンは大袈裟に身体を仰《の》け反《ぞ》らせ、それからしゅんと俯《うつむ》いて怠け者の抱《ほう》負《ふ》を口にした。

こいつ……。コミュ障《しょう》でニートって、かなり駄目なドラゴンかもしれない。

別に大きな仕事を任せようとは思っていないので、軽く番犬のようなことをやって貰えたら十分なのだが……。

「ドラゴンさん、強いんだろ？　それならこう、外敵が来たときに一吠えして、蹴散らしてくれればいいんだ。簡単だろ？」

「う、うぅむ……。我、省エネモードだと、ちょっとしか強くないのだ……。それと、吠えるのは恥ずかしいっていうか……」

ドラゴンはもじもじしながら、気まずそうに俺から視線を逸らした。大きな声を出すのが恥ずかしいというのは、コミュ障あるあるだと納得出来る。

「――じゃ、この話はなかったということで。撤収！」

俺が踵を返すと、他の面々も一斉に反転して帰路に就く。

余りにも鮮やかな俺たちの去り際に、ドラゴンはぽかんと口を開けて手を彷徨《さまよ》わせた。

「あたし、ドラゴンってもっと威厳《いげん》に満ち溢れてて、恐ろしい生物だと思っていたわ」

「ああ、俺もそう思っていたよ。大事《おおごと》になるよりはずっといいが……なんかこう、拍子《ひょうし》抜《ぬ》けだよな」

モモコと俺は困惑した気持ちを抱きながらも、ホッと胸を撫で下ろして安堵した。あれほど警戒心を露わにしていたルゥも、今は肩の力を抜いており、ぼんやりと空を眺めている。

「……ルゥ、分かった。あれ、ダメゴン」

唐突に披露されたルゥのネーミングセンスに、俺とモモコは感心して頻りに頷く。

駄目なドラゴンだから、ダメゴン。実に分かりやすい名前だ。

あれを一般的なドラゴンと同列に並べるのは、きっと一般的なドラゴンに対して失礼なので、ダメゴンという呼び名を定着させよう。

「まっ、待ってたも！　待ってたも！　我もっ、我も連れてってぇー！」

俺たちの後ろから、ダメゴンが慌てた様子で駆け寄ってきた。こうして見ると、恐ろしさの欠片もない奴だ。

……まあでも、荒事に持ち込むのが危険極まりない相手だということは間違いない。頑なに突っ撥ねて暴れられても困るし、これはなし崩し的に養うことになるかもしれない。


――ダメゴンと遭遇した後。俺たちは牧場に戻って、昼食の準備に取り掛かった。

コケッコーのもも肉、むね肉、ササミを塩で味付けして焼くだけだが、数が多いので牧草の上に薪を組み上げて、そこに大きな鉄板を二枚載せ、俺とモモコが協力して焼いていく。

件《くだん》のダメゴンは俺たちに付いてきており、今はルゥと肩を並べて涎を垂らしながら、香ばしいにおいがする焼き肉に視線が釘付け《くぎづ》になっていた。なんでも、山脈から俺たちの様子を窺っていたときから、この肉が食べたくて仕方がなかったそうだ。

ちなみに、千里眼《せんりがん》のような視力はドラゴンの固有魔法――『矮小《わいしょう》なる下等種族共を高みから見物しちゃうよーん』の効果によって、発揮されていたものらしい。ふざけた名前の魔法だが、ダメゴンは自分が命名した訳ではないと必死に弁明していたので、ど突くのはやめておいた。

「ねぇ、アルス。あのダメゴン、結局付いてきちゃったけど、どうするのよ？」

「どうって言われても、養うしかないんじゃないか？　あいつ、腐ってもドラゴンだし、暴れられたらまずいだろ」

「まぁ、それはそうだけど……。何だか釈然としないわね……」

モモコは肉を焼く手を止めずに、ダメゴンを見遣って愚痴《ぐち》を零した。

釈然としないのは俺だって同じだ。俺は自分の仕事を減らすために、せっせと働いてくれる領民を増やしたい。それなのに、働かない領民が増えて俺の仕事も増えるなんて、甚《はなは》だ遺憾である。せめて肉くらいは自分で焼いて貰いたいのだが、肉を焼いたことがないそうで、焼き加減が分からないと言っていた。本当に、とことん使えない奴だと思う。

ダメゴンは全裸だったので、若草色の民族衣装を支給したが、これから食事と寝床の世話もするとなると、衣食住の全てを面倒見てやることになる……。頭が、頭が痛い……。

「——よし、焼き終わったぞ。食べるか」

俺とモモコが一通り肉を焼き終えたので、配膳《はいぜん》してからみんなで『いただきます』と声を揃えて食事を始める。

ダメゴンは今の食前の挨拶をよく分かっていなかったが、それでもみんながやっているからと、少し遅れて同じ言葉を口にした。多少の協調性はあるらしい。

ダメゴンには五枚の木皿を用意して、一枚につき一羽分のコケッコーの肉を載せてある。ダメゴンはその肉を手掴みすると、口の中いっぱいに頬張り、肉汁を口の端から滴らせて、喜色満面になった。

「ぬおおおおおおおっ!!　美味しい!!　美味しいのだ!!　我っ、其方に――いやっ、主様《あるじさま》に一生付いていきます!!」

「勝手に懐くな。そして俺を主様扱いするな。……いや、百歩譲って俺が飼い主になるとして、それなら言わせて貰うが、働けよ」

俺は調子の良いことを言っているダメゴンに、主らしく命令してみたが、その途端にダメゴンは表情とアホ毛を萎れさせる。

「そ、それはちょっと……。我、働いたら負けかなって、思ってて……。出来れば愛玩《あいがん》動物になりたいのだ……」

「愛玩動物って……あんたには、ドラゴンとしての誇りはないわけ……？」

モモコがジト目で見遣ると、ダメゴンはますます表情とアホ毛を萎れさせた。

こいつは駄目だ駄目だと思っていたが、まさかの愛玩動物志望……。これは本格的に駄目そうだと、俺は深い溜息を吐く。

「はぁー……。まあ、ダメゴンの勤労意欲を刺激する方法は追々《おいおい》考えるとして、そろそろ自己紹介でもしておくか」

「あっ、それならボクからするッピ！　ボクの名前はピーナだッピよ！　お仕事はコケッコーの面倒を見ることッピ。一緒にやりたくなったら、いつでも言って欲しいッピ！」

ピーナを皮切りに、モモコとルゥ、それに俺も簡潔な自己紹介を行った。そして、最後にダメゴンの順番が回ってくる。

「わ、我は……えっと、『究極完全体暗黒超銀河星竜《アルティメット・パーフェクト・ダークネス・ギャラクシー・スタードラゴン》』って、言います……なのだ……」

「なっ、何よその名前……っ!? めちゃくちゃ格好いいじゃない!! ダメゴンの癖に!!」

「……かっこいい。ダメゴンなのに、ズルい」

「強そうな名前ッピ……! 流石はドラゴンだッピね……!!」

モモコ、ルゥ、ピーナの三人が、それぞれダメゴンの名前に衝撃を受けているが、俺はこいつらの感性に衝撃を受けている。

今の名前はまるで、『小学生が考えた最強のドラゴンの名前』だった。どんなに遅くとも、高校生くらいになると背中が痒《かゆ》くなってしまうような名前だ。

コミュ障、ニート、中二病の三重苦を背負っているダメゴンに、俺は呆れを通り越して憐れみの目を向ける。……というか、今の名前、長ったらしくて一回で覚えきれないな。

「ダメゴン。悪いけど、もう一回名乗って貰えるか？」

「名乗るの、ちょっと難しいから、もう一回だけなのだぞ……？ わ、我の名前は、アルティメット・ぱーふぇくちょ――ッ、い、痛いのだっ！ 舌噛んだのだ!!」

「よし、分かった。お前の名前は今日から『アルティ』だ。それ以上でもそれ以下でもなく、ただのアルティだからな」

名乗らせるのも覚えるのも面倒になったので、俺は目の前のダメゴンを『アルティ』と呼ぶことに決めた。アルティメットを短縮して、アルティだ。文句は言わせない。

と、ここで、モモコたちが重大発表でもするかのように、決意の籠った眼差しで俺を見つめてくる。

「アルス、決めたわ……。あたしね、今日からっ、アルティメット・モモコって名乗るから‼」

「……ルゥも、ルゥもそれする。今日から、アルティメット・ルゥルゥ」

「ピー……。ボクは弱いから、そんな強そうな名前、とても名乗れないッピ……。でもっ、鳥獣人の戦士たちに名乗ることを勧めてあげるッピよ！」

やめなさい。うちの牧場は今日から、アルティメット禁止なんだ。

閑話　モモコの回想

牛獣人であるモモコが生まれ育った場所は、大草原にある狼獣人たちの集落だった。

大草原とは様々な魔物が跳梁跋扈している魔境だ。牛獣人や羊獣人といった、獣人の割には身体能力が低く、狩猟本能も備わっていない弱い種族は、狼獣人や獅子獣人といった強い種族の庇護下に入り、家畜として暮らしている。

弱い種族でも、戦闘系の天職を授かれば魔物と戦えるが、その強さは同様に戦闘系の天職を授かった強い種族の者よりも、格段に劣ってしまう。そのため、モモコは【格闘家】の天職を授かっていたものの、狼獣人たちの集落では戦力として数えて貰えなかった。

ちなみに、人が授かった天職を確認するのは、神官系の天職を持つ者の役目となっている。これは人類種であれば、どの種族でも授かれる可能性がある天職だ。

戦えない牛獣人の役目についてだが、これは狼獣人に牛乳を提供することが全てと言っても過言ではない。モモコも例外ではなく、お乳が出る年齢に達した頃、年が近いルゥに引き取られている。

モモコとルゥは二人で一張りのゲルを使い、平穏無事な共同生活を送っていた——が、数年後。

「……モモコ、お乳出ない。あんまり」

冬が近付いてきた時期に、ルゥはモモコの乳を搾《しぼ》りながら、これは困ったと言いたげに肩を落としていた。牛獣人のお乳は栄養価が高いので、狼獣人にとっては食料の節約に繋がる重要なものなのだ。

牛獣人にとって、お乳の出が悪いということは、自らの存在価値に関わってくるので、困っているのはモモコも同じだった。

狼獣人が外敵から牛獣人を守り、牛獣人は狼獣人にお乳を提供する。そんなギブアンドテイクの関係が成り立たなくなったモモコは、肩身の狭い思いをしながら、それでもポジティブな思考を維持しようと努《つと》める。

「も、もっと大きくなったらっ、ドバドバ出るようになるわよ……!! きっと……多分……！」

希望的観測を口にしたモモコだが、大きくなってから本当にお乳の出が良くなるとしても、それでは遅いと言わざるを得ない事情があった。

「……冬の蓄え、足りない。このままだと、モモコ、売るしかない」

ルゥは狼獣人の中でも最強の存在であり、狩りの腕前もかなりのものだが、今年は自分たちの縄張りにいる魔物の数が少なかったので、人間の街まで赴いて食料を買うか、あるいは他所《よそ》から略奪《りゃくだつ》するかしなければならない。

しかし、大昔に獣人が徒党《ととう》を組んで人間の村や街から略奪を行ったときは、イデア王国全土から兵士が集まり、獣人に対して苛烈な報復が行われた。今現在、イデア王国北部と大草原の間にある不毛の大地は、その報復によってあのような状態になったと言われている。

そんな凄惨《せいさん》な過去があったので、獣人は略奪という行為に手を染めることを恐れていた。それ故に、選択肢なんてあってないようなもので、ルゥたちは人間の街で食料を買うしかない。

「い、嫌よっ！　あたし、売られて奴隷になるなんて、絶対に嫌なんだからっ!!」

「……でも、ルゥ、お金ない。……モモコ。覚悟する」

先立つものがなければ、英雄といえども飢え死にしてしまう。取捨選択は自然界で生き抜くために必要だと、ルゥはキッパリと割り切っているので、早速投げ縄を懐から取り出して、モモコの首に引っ掛けようとした。

カウボーイのように投げ縄を振り回すルゥの姿を見て、モモコは震えながら顔を青褪めさせる。

「ま、待って！　ちょっと待って!!　一日だけっ、一日だけ覚悟を決める時間が欲しいわ!!」

「……ん、分かった。一日だけ、待つ」

一日だけ猶予《ゆうよ》を貰ったモモコは、その日のうちに着の身着のまま集落を抜け出して、ルゥのもとから逃げ出すことを選んだ。

自分が売られそうになった原因である縄張りの魔物不足のおかげで、モモコは夜のうちに無事、不毛の大地まで到着する。

「――ここが、不毛の大地なのね……。本当に何もない場所だわ……」

奴隷になるのだけは嫌だという一心で、こんな場所まで来てしまったモモコだが、この先の展望は皆無だった。目の前に広がる不毛の大地は、まるで自分の行く末を暗示《あんじ》しているかのように思えて、胸が締め付けられてしまう。

このまま人間の街に行ったとして、普通に生きていける保証はどこにもないのだ。

お乳の出が悪い牛獣人なんて、誰にも必要とされないまま野垂れ死にするしかないと、心の内に巣くうネガティブな自分が囁いている。

「帰る場所はないんだから、進むしかないわよね……！　これが、あたしが自分で選んだ道なんだからっ」

前向きな言葉とは裏腹に、モモコの表情は暗い。

一度でも足を止めれば、もう二度と歩き出せなくなる。そんな強迫観念に支配されてしまうほど、不安に駆られているモモコの足取りは、とても重たいものだった。

モモコは俯きながら、不毛の大地を進んで、進んで、進み続ける。大草原とは違って地面が硬いので、どんどん足に疲労が蓄積していく。

途中、ポツリ、ポツリと地面に水滴が落ちて、まさか雨かと思ったが、それは頬を伝って顎先から落ちる自分の涙だった。

嗚咽《おえつ》を堪《こら》えて、心細さを必死に押し殺して、ようやく不毛の大地の中ほどまでやってきたところで——ふと、緑のにおいが鼻腔《びこう》を掠める。

「……？　これ、どこから……」

モモコはきょろきょろと辺りを見回して、月明かりを頼りににおいの出所を探す。草があると分かった途端に、お腹の虫が鳴き始めて空腹を自覚することになったので、どうあっても無視は出来ない。

そして、ジッと目を凝らしていると、少し先に粗末なテントが見えた。

「う、嘘でしょ……。テントって、こんな場所に誰か住んでいるの……？」

近付いてみると、粗末なテントの近くには六羽のコケッコーがいて、その周囲は狭くとも確かな牧草地になっていた。

ぐっすりと眠っているコケッコーの首が紐で括られているので、テントで暮らしている何者かが飼育しているのかもしれない。ここに生えている僅かな牧草は、コケッコーのものだと理解したモモコだが、疲労困憊《こんぱい》で空腹も限界だったので、無許可で牧草を毟《むし》ってパクパクと食べ始めた。

その牧草は今までに食べたことがないほど美味しくて、少し食べただけでも活力が漲ってくる。

これはまさか、薬草と呼ばれるような代物なのではないか——と、そう思った矢先、今度は満腹になったことで、急激に眠気が襲ってきた。

モモコは睡魔に抗い切れず、牧草の上に横たわる。心細さを紛らわすように、自分の手が無意識にコケッコーを手繰《たぐ》り寄せた気がしたが、それからどうしたのかを確認する前に、モモコは夢の世界に旅立った。

——そして、翌朝。モモコは突然、誰かにお尻を蹴飛ばされて、夢の世界から現実に引き戻される。

「ひゃあっ⁉　だ、誰よッ⁉　何であたしっ、お尻を蹴られたの⁉」

飛び起きたモモコが鋭い目つきで辺りを見回すと、蜂蜜色の柔らかい髪と琥珀色の美しい瞳を持つ少年が、すぐ目の前で仁王立《におうだ》ちしていた。

「おはよう、不法侵入者め。ここがイデア王国の第三王子、アルス・ラーゼイン・イデアであるこの俺の領地だと知っての狼藉か？」

その少年、アルスは自らを王子だと宣ったが、こんな場所に王子がいることなど、普通なら到底信じられない。――そう、普通なら。

「お、王子ぃ⁉　ご、ごめんなさい……！　そんなまさかっ、王子様の土地だったなんて知らなくて……！　あたしっ、もう行くところがなくって、それで……それで……うぅっ」

この時点で、意図せずアルスの牧場に帰属して家畜扱いになっていたモモコは、牧場主であるアルスから溢れんばかりのカリスマ性と、上位者たる者の威厳を感じ取っていた。これは、アルス自身も知らない【牧場主】の天職による力で、この牧場に帰属している全ての家畜は、自《おの》ずとアルスを主として認めるようになるのだ。

「……なるほど。つまり、俺の領地の民になりたいってことか？」

「た、民……？　え、えっ？　そう、なのかしら……？」

「よし、採用。俺のことはアルスと呼べ。お前の名前は？」

「あ、あたしはモモコよ……です。えっと、不束者ですが、よろしくお願いします……？」

余りにも急な展開に、モモコは理解が追い付かないまま、頷いたり自己紹介をしたりして、アルスに受け入れて貰うことになった。

こうして始まった新生活の最中、モモコは自分が牛獣人なのに、お乳が出ないことを後ろめたく思っていたが、アルスはそのことについて一切言及せず、モモコでも出来る仕事を割り振っていた。

アルスとしては、牛獣人のモモコがコスプレをしている人間にしか見えていなかったので、『モモコのお乳を飲む』という発想がそもそも頭の中になかったのだが、モモコからすればアルスの対応は優しさに感じられた。

モモコはアルスの優しさに応えるべく、一生懸命に働いて、充実した日々を送ることになる。

初めてのコケッコーの実食。ルゥの襲来。お乳の出が良くなったこと。アルスの不思議な牧場魔法。

ゲルを手に入れるべく、狼獣人の集落に里帰りもした。嵐に見舞われた日にピーナを助けて、仲間が増えた。

ダンジョンを発見して、ガンコッコーたちを送り込み、いつの間にか司令官としての仕事が板についた。

色々な美食の虜になり、冬が終わってからは鳥獣人たちを助け出して、牧場が一気に活気づいた。

ワイバーンの王と妃が攻めてきたときは、自分もガンコッコーたちの司令官として活躍した。

最近では、無駄飯食らいのアルティが牧場にやってきたが……まあ、それはどうでも良い。

——幾つもの思い出を振り返りながら、モモコは牧草の上で寝転んでいるアルスの隣に座る。

「ねぇ、アルス……。ありがとね」

「ん……？　いきなりどうした？」

アルスはうっすらと目を開けてモモコを見遣り、訝しげに首を傾げた。

「別にね、どうしたってこともないんだけど、何だか無性に、感謝したくなったのよ」

「ふぅん……。よく分からないけど、俺の方こそ感謝しているぞ。この牧場生活の最初期から、モモコは頑張って働いているし、色々とありがとな」

アルスから打算の混じっていない純粋な笑みを向けられて、モモコの胸はドキリと高鳴った。それから、決して不快ではない甘い疼《うず》きを胸の内に感じて、これは一体何なのだろうかと困惑してしまう。

「あ、あたしって、最初にアルスの仲間になった訳だし、その……やっぱり、特別かしら……？」

他のみんなとは違う、アルスと自分だけの特別な繋がりが欲しい。何故だか急に、そんな気持ちが芽生えたモモコは、期待と不安が入り混じった声色でアルスに問い掛けた。

微睡みに身を委ねているアルスは、ぼんやりと青空を見上げながら、特に深い考えもなく頷いてみせる。

「んー……。まあ、そうだな……。特別だ」

アルスに肯定して貰って、『特別だ』と言われた瞬間、モモコの顔が一気に赤くなった。そして、無性に気恥ずかしくなったモモコは、居ても立っても居られなくなって、逃げるようにその場から立ち去ってしまう。

この日から、モモコ印の牛乳は甘みが増して、甘味が増えたことにルゥたちは喜んだ。

閑話　森人の里

イデア王国の南東に位置する大森林には、『世界樹《せかいじゅ》』と呼ばれる高さ五百メートルほどの大樹が聳《そび》え立っており、その世界樹を中心にして森人の里は広がっている。

森人は長命種だが繁殖力が低いので、里に住む森人の総数は二千人前後しかいない。森人の里はここにしか存在しないので、二千人前後というのが種族の総人口と言っても差し支えないだろう。

長寿を生かして百年以上も文武を磨《みが》き続ける彼らは、個々人の能力が非常に高く、それ故に自尊心が肥大化《ひだいか》して排他的《はいたてき》となり、他の種族を見下している者が多い傾向にある。

そんな森人の現状だが、人間とは数が余りにも違い過ぎるので、種族全体として見れば人間の風下に立たされていた。そのため、森人の里はイデア王国の属領という立場に、長年甘んじているのだ。

当然、大半の森人はそれを面白いとは思っておらず、森人の七人の代表者が集まった最高意思決定機関『賢老会《けんろうかい》』の面々は、常日頃から現状を打開するべく、何度も議論を重ねていた。


――世界樹の幹に寄り添う形で建てられた木造の宮殿《きゅうでん》。その中には円卓《えんたく》が置かれた大広間があり、賢老会の面々は円卓を囲んで座りながら、飽きもせずに今日も議論している。

「いい加減、何か良い策を思い付いた者はおらんのか……？」

賢老会最年長の嗄《しゃが》れた声の老人、オールドが頭痛を堪えるように額を押さえながら、他の面々を睨み付けて問い掛けた。これに、他の老人は肩を竦め、呆れた様子で溜息を吐く。

「はぁ……。今はイデアの王族が粒揃いなのだから、私たちは静観するしかない。向こう数十年は様子見だと、何度も結論が出たはずだ」

国王は軍神、第一王子は剣聖、第二王子は賢者。勇者の再来こそ存在しないものの、今のイデア王国が強力無比《むひ》であることなど、田畑を耕している政治に疎い農民ですら知っている。

「儂にはもう、寿命が残されておらん……っ!! そんな悠長に構えてはおれんのだ……!! このまま座《ざ》して朽《く》ちるだけならば……っ、儂は一人でも事を起こすぞッ!!」

この場の誰よりも先に老衰《ろうすい》するであろうオールド。彼の唯一の心残りは、高等種族である自分が、浅ましくて愚かな下等種族だと見下している人間たちの風下に、生涯立ち続けていたことだ。

オールドは森人の代表者として、イデア王国の王に頭を下げる立場にある。しかし、国王といえども所詮は人間なので、齢《よわい》百すら越えていない青二才なのだ。五百歳を越えているオールドからすれば、そんな青二才に頭を下げなければならないことは、屈辱以外の何物でもなかった。

せめて死ぬ前に、たった一度で良いから、あの不遜《ふそん》な王に頭を下げさせたい。その一心で拳を握り締めるオールドに、この場では最年少の老女が静かに声を掛ける。

「翁様《おきなさま》、落ち着いてくださいまし。お一人で戦うのは、余りにも無茶というものです」

「だがっ、貴様らは静観を貫くつもりであろう!?」

「翁様の寿命を延ばすことが出来れば、今しばらく耐え忍ぶことも容認出来るはず……。違いますか?」

「それは……っ、そうだが……あるのか？ そんな方法が……？」

森人の寿命は二百年か、長くても三百年程度で、本来はオールドのように五百年以上も生きられる種族ではなかった。つまり、オールドは既に、寿命を延ばす方法を知っている。そしてそれは、この場にいる全員が知っていることでもあった。

オールドに限らず、森人の——あるいは全ての生物の寿命を延ばす方法は、途轍もなく簡単だ。この里の中心にある世界樹、その枝に生《な》る果実を食べるだけで良い。それは一口食べただけで肉体が若返り、容易く寿命を延ばせる神秘の果実だった。

これは他の種族に決して漏らしてはいけない秘中《ひちゅう》の秘《ひ》であり、森人はこの果実を大昔から独占し続けている。

——では、世界樹の果実があるのに、どうしてオールドが寿命で死にそうになっているのか？

その疑問に対する答えも酷くあっさりしたもので、世界樹の果実を食べる方法がなくなってしまったからだ。

世界樹の果実は一メートルほどの大きさで、胡桃《くるみ》のような形をしており、その実を覆う殻は非常に硬い。それはもう、神代《かみよ》に作られたとされるオリハルコンの剣でも、掠り傷一つ付かないほどに硬い。

以前まで、この殻を割っていたのは、切断という概念そのものを操る【剣神】の天職を授かっていた森人の役目だったが、その森人は『拙者《せっしゃ》よりも強い奴に会いに行く』と言って、百年ほど前に行方不明となった。

それ以来、森人は本来の寿命に縛られることになり、現在進行形で順調に年を重ねている。

オールドの寿命を延ばす方法とは、それ即《すなわ》ち——世界樹の果実の殻を割る方法を見つけるということに他ならない。

賢老会の面々が揃って身を乗り出し、最年少の老女に注目する中で、老女は嫋《たお》やかな笑みを浮かべて、小さく頷いてみせる。

「人間の営みに交ざっている同胞《どうほう》を使って、情報収集を行っておりましたが、遂に発見したとの報告がありました。この情報を持ってきた者を呼んでありますので、話を直接聞きましょう」

おおっ、と誰もが年甲斐もなく沸《わ》き立った。その瞬間、大広間の扉が開け放たれて、老女が呼び出した人物が一同の前に姿を現す。

「おおきに、おおきにー！　いやぁ、爺婆《じじばば》の皆はん、お久しゅう！　ウチや、お金大好きゼニスちゃんやで！」

賢人が語らう神聖な宮殿に、余りにも不似合いなゼニスが現れたことで、大半の者が眉を顰めた。

ゼニスの存在は森人の里でも有名で、【大魔導士】という大当たりの天職を授かったにも拘《かか》わらず、金儲けが好き過ぎて商人になったという異例の人物だ。賢老会に所属している老女に命じられて、世界樹の果実の殻を割る方法を探していたが、それだってタダ働きではなく、相応の対価を要求している。

詰まるところ、ゼニスには忠誠心というものがない。

「ゼニス、ここは偉大なる賢智《けんち》を得た者たちが語らう神聖な場だ。本来であれば、お前のような俗《ぞく》物《ぶつ》が足を踏み入れて良い場所ではない。早々に手に入れた情報を開示して、立ち去りなさい」

「相も変わらず、いけ好かん年寄りやなー。まあええ！　教えたるわ！　あんな、イデア王国の王城にある宝物庫の中に、どんな胡桃でも割れるマジックアイテムがあるんやって」

老人の一人が高慢な態度でゼニスを窘《たしな》め、ゼニスはケッと今にも唾を吐き捨てそうな顔をした。それでもあっさりと情報を開示したのは、少なくない報酬を既に貰っているからだ。

「馬鹿めっ、世界樹の果実と胡桃は似て非なるものだろう！」

「いや待て！　大きさを考慮しなければ、世界樹の果実の見た目と味は、胡桃そのものだぞ……!!　もしかしたら、そのマジックアイテムで、どうにかなるんじゃないのか……!?」

「試す価値はある。だが、問題はどうやって手に入れるか……。宝物庫に入っているということは、希少かつ高価な代物であろう？　並大抵の手段では、手に入るまい……」

「我々が用意出来る対価など、それこそ世界樹の果実くらいしか思いつかん」

「馬鹿を申すな!!　あの果実によって寿命を延ばせると知られれば、人間は確実に儂らの世界樹を奪いに来るぞ!?」

「現在の王族には剣聖がいると聞きますから、世界樹の果実を渡すのは不安ですね。万が一、殻を割られてしまったらと思うと……」

喧々囂々《けんけんごうごう》と言い争いをする賢老会の面々。ゼニスはそれを呆れたように眺めながら、時間の無駄は金の無駄だと思ったので、適当に思い付いた案を出してみる。

「なぁ、世界樹の果実を割れそうになくて、尚且つ世界樹の果実に匹敵《ひってき》する高価なマジックアイテムを持っている相手と、まずは物々交換したらどうやろ？　そんで、ウチらが手に入れた高価なマジックアイテムと、胡桃割り用のマジックアイテムを交換して貰えるよう、王様にお願いするんや」

二度手間だが、これなら剣聖がいる場所に世界樹の果実を持っていかなくても済む。

「大前提として、そんな都合の良い者が何処におる？　イデアの王が欲するようなマジックアイテムでなければ、いくら高価でも意味がないぞ」

「なんとも運がいいことに、ウチには丁度当てがあるんや！　ずぅっと北の方で牧場を営《いとな》んでる人でな、すんごいマジックアイテムを持ってんねん。アレなら王様も絶対に欲しがるって、保証したるわ」

ゼニスはアルスの顔とワイバーンクイーンのティアラを思い浮かべながら、相手がイデア王国の第三王子だという事実を伏せつつも、賢老会の面々に嘘偽りなく情報を伝えた。

ここで、賢老会に属する老人の一人が、『ゼニスは嘘を吐いていない』と断言する。彼は他人の嘘を見破ることが出来る【審問官《しんもんかん》】の天職を授かっており、それは周知の事実となっているので、全員がゼニスの話を信じて考え込み始めた。

「……ゼニスよ、お前が思い浮かべている人物は、割れない世界樹の果実に価値を見出すのか？これは当たり前だが、『世界樹の果実を食したら若返る』なんて話、伝えてはならんのだぞ？」

「分かっとるって。ま、そこは口八丁《くちはっちょう》でどうにかしたるわ！」

ゼニスの提案は誰かに対する善意ではない。あくまでも取引の手間賃や、商人として王族とのコネクションを得られる機会など、自分に旨味があると判断したから申し出ているに過ぎなかった。

「戯《たわ》けめ。口八丁でどうにかなるのなら、そこらに落ちている石ころと、件《くだん》のマジックアイテムを交換してこい」

「えぇぇ……嘘やろ自分……。他のどの種族よりも誇り高くて賢いウチら森人が、ちんけな詐欺《さぎ》に手を染めようって言うんか……？」

ゼニスに詐欺を働くよう要求した一人の老人に、方々から軽蔑《けいべつ》の目が向けられる。森人の中でも賢老会の面々は特に、『誇り』という形のないものを大切にしているので、自分たちの品格が落ちるような真似は忌避《きひ》されるのだ。

「ぐっ……すまん、今のは失言だった……。取り消す……」

詐欺老人は肩を縮こまらせて、自らの発言を撤回した。

ゼニスは森人としての誇りなんて持ち合わせていないが、商人としての誇りなら持っているので、詐欺だけはしないと心に決めていた。そのため、賢老会からの正式な命令として『詐欺をしろ』と言われなかったことに、人知れず安堵する。

ちなみに、アルスとの取引は本当に口八丁で纏めるつもりだが、『世界樹の果実』と『ワイバーンクイーンのティアラ』は価値が釣り合っていると考えているので、ゼニスの判断基準では詐欺に当たらない。

閑話　ノース辺境伯

イデア王国北部に広大な領地を持つノース辺境伯は、痩せ細った身体と気弱そうな顔立ちをしている壮年《そうねん》の男性で、文弱《ぶんじゃく》の徒《と》として王侯貴族の間では知られている。

不毛の大地を間に挟んでいるとはいえ、ノース辺境伯の領地は蛮族という扱いの獣人が住まう大草原に近いので、何よりも武芸が尊《とうと》ばれる土地だった。それ故に、彼は『辺境伯』という大きな肩書を持っている割に、昔から肩身の狭い思いをしていた。

しかし、そんな彼にも唯一誇れることがある。それは、自分の血を受け継いだ愛娘《まなむすめ》のルビーが、【戦乙女】という天職を授かったこと。この天職は準伝説級と言われており、英雄や剣聖ほどではないにしても、大きな武力を得られるのだ。

ノース辺境伯は武威《ぶい》に恵まれた娘を得て、大いに面子《メンツ》が保たれた。この地の兵士たちは弱者を軽《かろ》んじる傾向にあるので、今までは苦労の連続だったが、それもルビーのおかげで解決している。

昔は毎日のように飲んでいた胃薬も、今ではすっかりと手放すことが出来た。ストレスで抜け落ちていた髪も、御用商人に白金貨二枚で売って貰った育毛ポーションで、若かりし頃のようにフサフサだ。

後は恙《つつが》なく、ルビーに当主の座を譲れば、今代のノース辺境伯の役目は終わりである。

ただ、ルビーはまだまだ若いので、今は経験を積ませる時期だった。しばらくは王国最北端の街をルビーに任せて、そこで兵士の鍛え方と使い方を学ばせなければならない。

ノース辺境伯にも色々と仕事があるので、ルビーとは離れ離れの生活になって寂しい思いをしているが、再会する度に成長を重ねている愛娘の姿を見るのは、彼の何よりの幸せだった。

そんなノース辺境伯は、冬が終わってしばらくした後、イデア王国最北端の街を視察するという名目で、ルビーに会いに来ていた。

「――う、美味い……!! なんだこれは……!?」

街の中央にあるルビーの屋敷。そこで歓待を受けた辺境伯は、晩餐会《ばんさんかい》で途轍もない美食と出会う。

それは通常よりも一回り大きい、コケッコーの各部位の焼き肉だった。味付けは塩胡椒だけなのに、脳味噌が壊れてしまうのではないかと思えるほどの旨味が、舌から脳にガツンと伝わってくる。

「凄いでしょう、お父様！　これはアルス様の牧場から仕入れたお肉なんですわよ！」

「アルスさま？　…………ま、まさか、第三王子のアルス殿下か？」

行儀作法も忘れて無心でコケッコーの肉を貪っていた辺境伯が、ルビーの弾んだ声を聞いてピタリと手を止めた。

ルビーは呆れたように溜息を吐いて、当たり前だろうと首を縦に振る。

「そうですわよ。一体他に、どのアルス様がいらっしゃると言うおつもりですの？」

「まっ、待て……！　待ってくれ……!!　ルビー、アルス殿下はご存命なのか……!?」

「はぁっ!?　当然でしょう!!　わたくしのアルス様を勝手に殺さないでくださいまし!!」

ルビーは自分の部屋の壁と天井に、所狭しとアルスの肖像画《しょうぞうが》を並べているほどの、重篤《じゅうとく》なアルス信者だった。ちなみに、王城で売られていたアルスのパンツを百枚以上も保持している猛者《もさ》でもある。

そんなルビーだからこそ、実の父親であってもアルスを勝手に殺すなんて許さないと、食事用のナイフを剣のように構えて辺境伯を睨み付けた。

「す、すまんっ！　私が悪かった!!　アルス殿下が死ぬわけないよなぁ!!　アルス殿下っ、万歳《ばんざい》!!　万歳!!　万々歳ッ!!」

愛娘に本気の殺意を向けられて、辺境伯は鼻水を垂らしながら万歳三唱《さんしょう》を行う。

「あら、分かればいいんですのよ。わたくし、お父様が本格的に耄碌《もうろく》したのかと、心配になってしまいましたわ」

「は、ははは……いや、なに、最近は仕事が忙しくて、寝不足でな……？　恥ずかしいことに、食事をしながら悪い夢を見ていたらしい……」

辺境伯は内心、不毛の大地に追放された第三王子なんて、とっくに死んでいるものだと思っていた。

なにせ、第一王子と第二王子の二人は王位継承争いをしており、第三王子のアルスもいつか邪魔になるかもしれないと考えて、蹴落とせるときに出来るだけ下まで落とそうと妨害を行っていたのだ。

アルスには本当なら、不毛の大地を開拓《かいたく》するための人員や資金が支給されるはずだったが、この妨害によって全てが取り上げられている。

そのことを知っていたノース辺境伯は、着の身着のまま不毛の大地に放り出されたアルスが、どうやって生き延びたのか、まるで見当も付かなかった。

ルビーに泣き付いたのかと、そんな考えが一瞬だけ脳裏を過《よぎ》ったが、すぐに頭を振ってそれは有り得ないと切り捨てる。何故なら、ルビーの近くに忍び込ませた自分の手の者からは、そんな報告は上がってきていないのだ。白百合騎士団というルビーのお気に入りの側近たちに紛れ込ませているので、その人物が情報を拾えなかったとも思えない。

去年は嵐もあったし、冬場は寒くて雪が降り積もっていた。王城でチヤホヤされながら育った甘ったれの第三王子が、誰からの助けもなく過酷な環境下で生き延びるなんて、そんなことが本当に有り得るのだろうか……？

――何にしても、アルスとの関係性を深めると、第一王子と第二王子を敵に回す恐れがあるので、一介の貴族としては距離を取る必要がある。

ルビーにもそのことを伝えるべきなのだが……、ノース辺境伯はアルスのことになると豹変《ひょうへん》するルビーを恐れて、中々言い出せないでいた。

斯《か》くなる上は、ルビーとアルスの間に亀裂を入れる何かしらの策が必要だ。

「そういえば、アルス殿下の天職は……牧畜家、だったか？」

「違いますわよ、お父様。アルス様の天職は牧場主ですわ」

ふむ、とノース辺境伯は一つ頷いて、それからルビーに見られない角度で、ニヤリと悪い笑みを浮かべた。

王族にはおよそ相応しくない天職なのだから、アルスは嘸《さぞ》かし自らの天職に劣等感を抱いているはず……。家畜を育てているのも、耐え難い屈辱に違いない。

それなら、ルビーからアルスに対して、ウッシーという家畜でもプレゼントさせてやれば、劣等感を刺激されたアルスはルビーを嫌いになるだろう。

ルビーにはあくまでも、善意のプレゼントなのだと言い含めておく。これで、プレゼントするウッシーが最初から病気にでも掛かっていれば、間違いなくアルスの方からルビーとは縁を切ってくれる。

「完璧だ、我ながら完璧過ぎる……!!」

ノース辺境伯には武芸の才能こそ備わっていないものの、その代わりに謀《はかりごと》の才能はあるのだ。……と、本人はそう思い込んでいる。

エピローグ

——俺は澄《す》み切った青空を見上げながら、穏やかな日差しに目を細めて、牧草の上で静かに寝転んでいた。

ワイバーンの脅威を取り除き、ルゥが警戒していた大物のアルティも何だかんだで俺たちの仲間になったので、牧場は今日も平和そのものだ。

こうして、俺がのんびりとした時間を過ごしていると、いつものようにルゥが隣にやってきて、寄り添うように寝転がる。

「……アルス。ルゥ、畑の仕事、終わった。……褒めて欲しい」

「ああ、偉い偉い。アルティにも見習って貰いたいな」

俺はルゥの頭を撫でながら、下級魔法でルゥについている土汚れを取り除いた。

畑作りは思った以上に順調で、成長が早いものだと既に芽を出している。この分なら、夏には色々と収穫出来るかもしれない。ようやく乾燥野菜を卒業出来るのかと思うと、ついつい頬が緩んでしまう。

「主様っ、主様ーっ！　このキラキラしたやつ、我も欲しいのだ‼」

「ピーッ！　返すッピよ！　それは頑張ってるみんなのおやつだッピ！　怠け者のアルティの分はないッピ！」

俺とルゥが心地のよい微睡みに身を委ねていると、アルティが蜂蜜の入った小瓶を持って駆け寄ってきた。その後ろからは、小瓶を取り返そうとピーナが追い掛けてきている。

どうやらアルティは、ゲルの中にある蜂蜜保管用の木箱から、あの小瓶を持ち出したようだ。

「……それ、アルティの分、ない。ちゃんと返す」

ルゥは今の今まで微睡んでいたとは思えないほど機敏な動きで、アルティの手から小瓶を奪い取った。そして、いそいそと俺の懐にそれを仕舞い込む。

今のアルティは必要な食事の量を減らすために、人型の省エネモードになって弱体化しているので、ルゥの動きに付いていくことが出来ない。

自分の手から小瓶が消えて、アホ毛を萎れさせたアルティが、物欲しそうな瞳で俺を見つめてくる。

「あ、あの、我も欲しいのだぞ……？　今の、キラキラの、綺麗なやつ……」

ドラゴンは光り物が好きだと古来から言われており、アルティもその例に漏れていないらしい。

「今のキラキラのやつは蜂蜜って言うんだが、これは頑張って働いている人にしか、あげない決まりになっているんだ」

「ぐっ、ぐぬぬぬぬ……っ！　で、では、我も……はた……はた……はたら……働けないっ!!　やっぱり我っ、どうしても働けないのだ!!　労働なんてクソくらえなのだぞっ!!」

「そうか。その意地がいつまで続くのか、見物《みもの》だな」

俺はアルティが働いていなくても、必要最低限のコケッコーの肉なら支給するつもりだ。しかし、それ以外の嗜好品や高価な調味料を使った料理は、働くまで絶対に食べさせてやらないと決めている。

どうしても食べたければ、有事の際の戦力になって貰って、尚且つワイバーンかハッチーの世話を任せたい。

「アルスーーーっ‼　大変っ、大変よ‼　ダンジョンの第二階層が、とんでもないことになっていたの‼」

ダンジョンへ送り込んだガンコッコーたちをテレビ画面越しに指揮していたモモコが、テレビを抱きかかえながら大慌てでゲルから飛び出してきた。

一体何なんだと俺たちが目を向けると、テレビ画面の向こうには、綺麗な白い砂浜と、真っ青な海が広がっている。

「え、海……？　それってまさか、ダンジョンの中なのか？」

「そうよ！　カタイガニたちは、この海から上がってきていたの！」

海……海か……。もうすぐ夏だし、泳ぎに行きたいなぁ……。と、俺は呑気なことを考えながら、慌てているモモコを見遣って首を傾げた。

「海があるってことには驚いたけど、これの何が大変なんだ？」

「何って、ガンコッコーたちは泳げないのよ⁉　これ以上のダンジョン探索が出来なくなるじゃない‼」

それはまあ、確かにそうだな。俺としては、第一階層で魔物の間引きと宝探しをしていれば十分だと思うが、モモコもガンコッコーたちもやる気満々なので、不完全燃焼になってしまう。

こうなると、アシハゼやカタイガニの素材から因子を抽出して、コケッコーかガンコッコーに注入する必要があるかもしれない。それで彼らが泳げるようになる保証はないが……因子を確保するために、しばらくは食用に回す素材を減らそう。

「第三王子はん！　ウチや、ゼニスが来たで！　それで早速、商談なんやけど――」

「アルス様っ、わたくしも参りましたわ‼　風の便《たよ》りでアルス様がウッシーを欲していると聞きましたので、本日はウッシーも連れて参りましたの！」

俺が色々と考えていると、ゼニスとルビーが揃って牧場にやってきて、今日は一段と賑やかになった。

ゼニスはよく分からない巨大な……胡桃？　のようなものを持ってきており、これとワイバーンクイーンのティアラを交換して欲しいと言う。

あのティアラはゼニスの全財産を以《もっ》てしても、価値が釣り合わないと言い切ったほどの代物だ。それが、こんな巨大胡桃と等価だとでも言うつもりだろうか……？

ルビーの方は四頭もの……ウッシー？　見たところ白黒模様の牛だが、この世界ではウッシーと呼ぶらしい。そんなウッシーを連れてきて、特に何の条件もなく俺にプレゼントしてくれた。ハッチーの世話が思った以上に手が掛からないので、ウッシーを育て始めるのは悪くない。これは有難く貰っておこう。

ウッシーたちはどこか元気がなかったので、家畜ヒールを念入りに掛けておいた。すると、あっという間に元気を取り戻して、もしゃもしゃと牧草を食べ始める。

「――よしっ、新しい家畜が増えた記念に、今日は唐揚げパーティーだな」

俺の一言で、モモコたちがどっと沸き立った。ルゥなんか、千切れそうな勢いで尻尾を振っている。

ルビーとゼニス、それから鳥獣人たちも招待して、今日は盛大にやろう。……アルティがその場の雰囲気に感化されて、テンションを上げているが、お前の唐揚げはないからな。

着の身着のまま、不毛の大地に放り出されたときは、まさか俺の周りがこんなに賑やかになるとは思ってもみなかった。

笑みを浮かべているみんなの表情を見ていると、少しだけ背中が重くなったように感じる。

決して不快ではなく、苦でもないような、どこか心地のよい重さだ。

これは――責任、だろうか？

前世で草臥れたサラリーマンだった頃は、責任なんてストレスにしかならなかったのだが……今のこれは、そう悪いものではないと思えてしまう。

ふと、今世の父親である国王の姿が、俺の脳裏に浮かんだ。

もしかしたら、この心地のよい重さの積み重ねが、玉座へと続く道になるのかもしれない。

番外編　アルティと愉快な仲間たち

快晴の青空の下、つい先日にルビーから貰った家畜のウッシーたちが、俺たちの傍で牧草をモソモソと食《は》んでいる。

その様子をジッと見つめていたアルティが、ウッシーを指差しながらモモコに疑問を投げ掛けた。

「モモコ、モモコ。あれはウッシーという動物であろう？」

そんなことは見れば分かるだろうと、モモコは首を捻りながらも肯定する。

「ええ、そうよ。当たり前でしょ？」

「うむ。……で、モモコは何獣人なのだ？」

「何って、牛獣人に決まっているじゃない。見れば分かるでしょ？」

「………そこは、ウッシー獣人ではないのか？」

アルティは深淵《しんえん》を覗き込むような覚悟を持って、この疑問を躊躇いがちに投げ付けた。

すると、モモコは心底理解出来ないといった様子で、『え、何で？』と疑問を投げ返す。

「何で!?　えっ、我の質問、何かおかしかったのだ……!?」

このやり取りを傍から見ていた俺は、アルティの肩に手を置いて苦言《くげん》を呈《てい》する。

「アルティ……。そんな細かいことを気にしていると、このファンタジー世界では生きていけないぞ」

この世界には、『ウッシー』と呼ばれる牛に酷似《こくじ》した生物は存在しているが、『牛』と呼ばれる生物は存在していない。

それなのにモモコは牛獣人と呼ばれている点に、俺も疑問を抱いていたが……今にして思えば、ハッチーが集めた蜜も『ハッチー蜜』ではなく、『蜂蜜』と呼んでいたので、前々からファンタジーの片鱗《へんりん》は垣間見えていた。

ファンタジーという一言で、俺は大抵の疑問を呑み込めるようになったので、立派にこの世界に順応しているのだろう。

「うぬぬぬぬ……。どうにも納得し難いが、気にしても仕方がない問題なのだ……。ところで、主様。それは一体、何を飲んでいるのだ？」

アルティは俺の手元を見遣って、俺が持っている牛乳瓶に目を向けた。

「何って、モモコ印の牛乳だぞ。結構甘くて美味しいんだ」

俺がごくごくと、これ見よがしに飲んでみせると、アルティはおずおずと手を差し出して、言外に『頂戴』と訴え掛けてくる。

アルティは牧場の仕事をしていないので、俺はアルティの要求を無視して牛乳を飲み干した。モモコが透かさず、俺が手に持っている瓶に牛乳のおかわりを補充するが、その様子は見ないように努める。一つ言えることがあるとすれば、搾り立てだ。

「わ、我もモモコのお乳、飲みたいのだ……」

「駄目よ。アルティはお仕事しないじゃない。ちゃんと働いてくれないと、あたしのお乳はあげられないわ」

アルティがモモコの胸に手を伸ばすも、その手をぺしっと叩《はた》き落としたモモコは、キッパリと拒絶した。

ぐすんと啜《すす》り泣きするアルティが哀れに思えるが、ここで甘い顔をすると、こいつは本当に一生働かないままここで暮らしてしまう。

「アルティ。試しにみんながどんな仕事をしているのか、見学しに行かないか？　もしかしたら、お前が思っているよりも、仕事って辛くないかもしれないぞ」

「うっ、うむぅ……。でも、誰かの仕事場に近付くだけで、我は頭痛と吐き気に見舞われるのだ……」

それは流石に、筋金入りが過ぎるだろ。と、俺は思わず頭を抱えてしまった。

これ以上掛ける言葉が見つからない俺の代わりに、モモコがアルティに話し掛ける。

「それなら、無理に仕事をしろとは言えないわね……。アルティ、仕事じゃなくて遊ぶのは好きかしら？」

「むっ!?　遊ぶのは大好きなのだぞ！　最近のマイブームは泥遊びなのだ!!　こう、全力で泥の上を転がると、とっても気持ち良くて――」

アルティが泥遊びの楽しさを力説し始めたが、モモコはウンウンと適当に頷いて聞き流し、それから自分の遊びに誘う。

「あたしはガンコッコーたちと一緒に走るのが、最近のマイブームなのよね。アルティの泥遊びも楽しそうだけど、今日はあたしの遊びに付き合わない？」

そのマラソンは体力作りと称して、モモコがガンコッコーたちに課す訓練であり、モモコの立派な仕事の一つだった。

しかし、それを『仕事』とは言わずに『遊び』と言い換えたことで、アルティは忌避感《きひかん》を抱かずに大きく頷く。

「うむっ、いいのだぞ！　その代わり、今度一緒に泥遊びをするのだ！」

泥遊びなんてしたくないモモコは、少しだけ頬を引き攣らせたが、これもアルティの仕事嫌いを治す最初の一歩になると考えて、その交換条件を呑み込んだ。

こうして始まったガンコッコーたちのマラソンは、俺が思った以上に過酷だった。一列になって走るガンコッコーたちの後ろから、モモコが定期的に活を入れて、最後尾のガンコッコーを先頭まで全力疾走《しっそう》させるのだ。

「――アルティ！　活の入れ方は任せるから、あんたもやりなさい！」

「ふぇぇ……。な、何だかあんまり、楽しそうじゃないのだ……」

モモコから活を入れる役目を任されたアルティは、躊躇いがちに火を吹いて、最後尾のガンコッコーを走らせる。省エネモードの人型でも、火を吹くことは出来るらしい。

ガンコッコーたちはお尻に火が付くことを恐れて、モモコの活以上に大慌てで走るので、この役目はアルティが適任かもしれない。

「アルティっ、かなりいい感じよ！　あんたもやれば出来るじゃない！」

「そ、そうであろうか？　えへへ……。何だかこれ、ちょっと楽しくなってきたのだ……！」

アルティはモモコに褒められて嬉しくなったのか、段々と調子に乗って火力を上げ始めた。

マラソンが続けばガンコッコーたちの体力は消耗《しょうもう》していくが、アルティが吹く火の勢いは上がる。

その結果、当然と言うべきか、走りが遅くなったガンコッコーのお尻に火が付いてしまった。

「ちょっ、アルティ!?　やり過ぎ！　やり過ぎよ!!」

「ご、ごめんなさいなのだ!!　別に食べたくて燃やした訳ではないのだぞ!?」

アルティにそんな意図がなかったことは分かっているが、自分から否定すると怪しく見えるから不思議だ。

お尻に火が付いたガンコッコーは地面を転がって火を消し、一息吐いた後に恍惚とした表情を浮かべて、興奮気味に息を荒らげ始める。

よく見ると、このガンコッコーの胸元には特徴的なM字のハゲがあった。……こいつは、ピーナママに踏まれて気持ち良くなっていた、あのコケッコーではないだろうか？

解体しようと思っていたのに、どうやら手違いで進化させてしまったらしい。家畜ヒールは必要なさそうだし、こいつは放置でいいな。

「なぁ、アルティ。そろそろモモコとの遊びは終わりにして、今度はルゥのところに行かないか？」

「む……？　ルゥのところに行って、何をするのだ？」

「水遊びだよ。ほら、今日は暑いし丁度いいだろ？　ルゥは畑にいるから、どっちが早く到着するか競争しよう」

俺は牧場魔法によって、牧場内の気温を調整出来るので、『水遊び』という名の畑仕事にアルティを誘いながら、真夏日くらいまで気温を引き上げた。

いきなり暑くなったので、アルティは訝しげに空を見上げて首を傾げるが、こいつはいつまでも細かいことを気にしておける質ではない。

「――うむっ！　確かに暑いから、水遊びがしたい気分になったのだぞ！」

「あ、アルティ。これ、飲んでいきなさいよ。ガンコッコーたちのマラソンに付き合ってくれたお礼よ」

アルティが畑に向かって走り出そうとしたところで、モモコが搾り立ての牛乳が入っている瓶をアルティに手渡した。

ガンコッコーのお尻に火を付けたとはいえ、モモコの代わりに教官としての役割を果たしたので、この牛乳はその報酬だろう。

「えっと……我、お仕事してないのに、貰っても良いのであろうか……？」

アルティは受け取った牛乳と俺の顔を交互に見遣り、おろおろと戸惑っている。

俺はそんなアルティの頭を雑に撫でて、『いいんだよ』と教えてあげた。

「あたしのお乳っ、早く飲みなさいよ！　それできちんと、感想を聞かせて！」

モモコに急かされて、アルティは牛乳をチビチビと舐めるように口に含み、次の瞬間には瞳を輝かせて、ゴクゴクと一気に飲み干した。

ぷはーっ、と一息吐いたアルティは、花が咲いたような笑みを浮かべて、アホ毛を花丸の形にする。

「我っ、こんなに美味しい飲み物は初めてなのだ‼　モモコのお乳は最高なのだぞッ‼」

「フフン、あんたも中々話が分かるじゃない！　ようこそ、あたしたちの牧場へ‼」

あ、『ようこそ』のタイミング、今なんだ……。いや、別にいいんだけどさ。

こうして、モモコに受け入れられたアルティは、俺と共に上機嫌でルゥのもとへ向かう。モモコはこれから、ガンコッコーたちをダンジョンへ送り込み、指揮官として働かなければいけないので、一先ずこの場でお別れだ。

――俺とアルティが畑に到着すると、すぐにルゥの姿を発見した。

「主様……。ルゥは一体、何をやっているのだ？」

「俺もあんな姿は初めて見たから、何とも言えないな」

ルゥは両手に渇きの石を持って、畑の真ん中でクルクルと回転していた。

恐らく、スプリンクラーのように水を撒いているのだと思われるが、回転速度が速過ぎて身体が宙に浮いている。

ルゥは畑仕事をしているつもりかもしれないが、これではアルティに言った通り、本当に水遊びをしているようにしか見えない。

「ルゥ！　ちょっといいか⁉　こっちに来てくれ！」

「……ん、分かった。いま行く」

俺が呼び出すと、ルゥは回転したまま低空飛行で俺たちの方へ向かってきた。余りにもシュールな光景なので、俺とアルティは思わず真顔になってしまう。

渇きの石を手放していないルゥは、俺とアルティをずぶ濡れにしながら、静かに着陸。そして、俺たちに何の用か尋ねるように、こてんと小首を傾げた。

「ルゥは今、畑の水遣りをしていたところだよな？」

「……そう。ルゥ、頑張ってた。……美味なもの、いっぱい作る」

畑の野菜はまだ収穫出来そうにないが、それでも青々とした葉っぱがあちこちに生えているので、すこぶる順調そうだ。

「その水遣りをアルティにもやらせてあげて欲しいんだけど、構わないか？」

「……アルティ、ちゃんとやる？」

ルゥがちらりとアルティを一瞥して、かなり真剣味を帯びた声色で問い掛けると、アルティは自信満々に頷いてみせた。

「うむっ、任せてたも！　水遊びは結構得意なのだぞ！」

ここでルゥが、『……遊び？』と声のトーンを一つ落として呟く。表情こそ普段通りの眠たげなものだが、あからさまに不機嫌になっていた。……ヤバイ。ルゥの畑仕事に対する情熱が、思ったよりも遥かに高まっている。もはやルゥにとって、畑仕事は遊びではないのだ。

アルティはルゥの静かな怒りに気付いておらず、呑気な足取りで畑の中に入っていく。流石に葉っぱを踏み潰したりはしていないが、それでも傍から見ている俺は気が気ではない。

「……これ、握って。そっちの畑、水、いっぱい撒く」

一応、ルゥは怒っているものの、怒りを爆発させることなくアルティに渇きの石を手渡して、指定の場所に水を撒くよう指示を出した。

アルティは自分の背中に、小さくしたドラゴンの翼を生やして、鼻歌交じりに上空から水を撒き始める。これを遊びだと思い込んでいるので、アクロバットな飛行をしながらの水遣りだ。

その不真面目な業務態度に、ルゥはぷっくりと頬を膨らませているが……正直、先程のスプリンクラーとやっていることは大差ない気がする。

まあ、俺が『水遊び』という体《てい》でアルティを連れてきたので、ここは一つフォローを入れておくとしよう。

「ルゥ、聞いてくれ。アルティのアレは、別に遊んでいる訳じゃないんだ」

「……どう見ても、遊んでる。……ルゥの畑、遊び場、違う」

「アルティが遊んでいるように見えるのは、楽しいって気持ちを作物に伝えるためなんだぞ。そうすると、作物は早く育つからな」

「……そう、なの？　……ルゥ、知らなかった」

「ルゥだって、俺やモモコが楽しそうにしていたら、一緒の場所に行きたくなるだろ？　それと同じように、畑で楽しいことが起きると、作物たちも『早く一緒の場所に行きたい』って思って、ぐんぐん育つんだよ」

純粋なルゥは俺の言うことを鵜呑みにして、アルティに向けていた怒りを引っ込めた。

勿論、俺の話は嘘だ。けど、この世界の野菜は元気に走り回るらしいから、もしかしたら嘘から出た実《まこと》になるかもしれない。

ルゥは自分も何か、楽しいことをしようと思ったのか、きょろきょろと一頻《ひとしき》り辺りを見回して、それから徐《おもむろ》に歌い始めた。その歌のタイトルは、『美味になーれの歌』といったところだろう。

――控え目に言って、ルゥは物凄く音痴《おんち》だった。声は綺麗なのに、音程が余りにも外れているので、聴いているだけで全身から力が抜けていく。これでは畑の作物も、育つ気力を失ってしまうかもしれない。

この歌を聴いて、空を飛んでいたアルティが俺たちの目の前に墜落してきた。

「い、痛いのだ……っ、身体に力が入らぬ……！　ルゥ、その歌は一体何なのだ……!?」

アルティの問い掛けを無視して、ルゥは悦《えつ》に入りながら『美味になーれの歌』を熱唱している。

俺も遂には立っていられなくなり、俺とアルティは二人揃って、ルゥのコンサートに囚《とら》われてしまった。

俺は全身を弛緩《しかん》させて、大の字に寝転がりながら、同じような体勢で寝転がっているアルティを見遣り、謝罪の言葉を口にする。

「アルティ、なんかごめんな……。どうやら俺たちは、このまま畑の肥やしになる運命みたいだ……」

「そ、そんなぁ……うぅっ……。我、生きてたら、もう二度と畑には近寄らないのだ……」

結局、俺たちがルゥのコンサートから解放されたのは、ルゥのお腹が昼食時の合図を知らせてからとなった。

アルティに『水遊び』という体で畑仕事を覚えさせる作戦だったが、畑と歌はアルティのトラウマとなり、残念ながら俺の目論見《もくろみ》は潰《つい》えてしまう。

……まあ、仕方ないな。気持ちを切り替えよう。午後はピーナのところに行って、『コケッコーと遊ぶ』という体で、アルティに家畜の飼育をさせてみよう。


――午後。昼食をとり終えた後、俺とアルティはピーナと一緒に、コケッコーの家畜小屋までやってきた。

俺がこそこそとピーナに事情を説明すると、ピーナは自信満々に大きく頷いて、アルティの指導を引き受けてくれる。

「なるほど、分かったッピ。アルティに飼育の楽しさを教えればいいッピね！　そういうことなら、ボクに任せて欲しいッピ！」

「ああ、任せたぞ。……とは言っても、あんまり気負わなくていいからな。ピーナ自身も楽しんで、アルティと接してやってくれ」

俺の見立てでは、アルティの精神年齢に最も近いのがピーナなので、この二人は仲良くなれると思う。気の合う友達と一緒に何かをやれば、何だって楽しめるものだ。

早速、ピーナはアルティと一緒に家畜小屋を開けて、コケッコーたちを牧草の上に出していく。

こいつらの飼育は上下関係を叩き込めば簡単らしいので、アルティも自分が食べる分のコケッコーくらいなら、育てられるようになるかもしれない。

ピーナは自分の母親に教えた『踏み付け』をアルティにも伝授して、それからコケッコーの健康状態の確かめ方や、飼育を行う上での注意点を懇切丁寧《こんせつていねい》に教えた。

そうして、アルティがコケッコーの飼育に慣れ始めた頃――

「ピーナっ、ピーナっ！　何だか一羽だけ、変な格好のコケッコーが交ざっているのだ！　あれはどんな遊びなのだ⁉」

「ピー……？　変な格好のコケッコーなんて、どこにいるッピ？」

突然、アルティはコケッコーの群れの真ん中付近を指差して、瞳をキラキラと輝かせた。

ピーナは気付いていないが、俺は気付いている。……というか、かなり目立つコケッコー（？）だったので、アルティよりも先に見つけていた。

そいつは、黒いボンデージファッションで女王様を気取っているコケッコーだった。背中には革の鞭《むち》と蝋燭《ろうそく》を背負っており、胸元にはS字のハゲがある。

「まさか、魔物なのか……？　随分とふざけた格好をしているけど……」

俺はあんな魔物を生み出した覚えがない。しかし、よく考えてみれば、家畜だって俺が手を加えなくても、魔素の影響で魔物化するはずだ。

俺には魔素なんて感じ取れないので、この牧場に魔素が溜まっているかなんて分からないが、その辺りはあのコケッコーが俺に従うか確かめてから、気を揉《も》むとしよう。

『あのコケッコー』と呼ぶのも紛らわしいので、とりあえず『サドッコー』と命名して、俺は奴に手招きしてみた。

すると、サドッコーは何処か偉そうな足取りで、俺のもとに向かってくる。

「むむむ……。コケッコーの癖に、態度が大きいのだ……！　主様、我が活を入れてやっても良いか!?」

「良くない。これからコミュニケーションを取ってみるから、ちょっと静かにしてくれ」

見せつけるように火を吹くアルティを抑え、俺はサドッコーに色々と命令してみた。

鞭を振れとか、蝋燭を使えとか、女王様らしく高笑いしろとか——その全てに、サドッコーは素直に応じてくれる。

どうやら、俺の家畜ということで間違いないらしい。命令を聞いて、それを実行する知能も有しているので、魔物であることも確かだ。

「アルス、この子はどうするッピ？　モモコに預けて、ダンジョンへ送り込むッピ？」

「いや、当分は送らないと思う。こいつの増やし方も分からないし、戦力として扱うのは不安定なんだ」

安定供給出来ない戦力に頼り始めると、そいつを失ったときの損失が大きくなり過ぎてしまう。……そもそも、サドッコーには何が出来るんだ？　鞭を振ったり蝋燭を使ったりするのは、魔物らしい特技という感じではない。

俺が口に出す前に、その疑問を察してくれたサドッコーは、自分の特技を見せるべく一羽の雄のコケッコーを連れてきた。ここで、アルティは冷や汗を垂らして、少しだけ後退《あとずさ》りする。

「わ、我、何だか嫌な予感がするのだ……。こう、見てはいけない何かを見せられる気が……」

「ああ、同感だな。子供には見せられない光景かもしれないから、アルティはピーナの目を塞いでやってくれ」

俺の指示に従って、アルティはピーナの目を両手で塞いだ。

そして、俺たちの嫌な予感通り、サドッコーと雄のコケッコーは、傍から見ているだけで正気度が下がりそうなＳＭプレイを繰り広げる。

雄のコケッコーは途中まで気丈に振る舞っていたが、いつの間にか胸にＭ字のハゲが刻まれ、最終的には恍惚とした表情を浮かべながら、興奮気味に息を荒らげていた。

サドッコーの特技とは、そのものずばり――調教。こいつはどんなコケッコーでも、被虐《ひぎゃく》趣味の変態コケッコーに変えてしまうのだ。

サドッコーという魔物は、俺の手には負えない怪物だと理解出来たので、鳥獣人の居住区画で面倒を見て貰おう。もしかしたら、雄のコケッコーの飼育に一役買ってくれるかもしれない。

こうして、何だかよく分からない出来事で精神的に疲弊した俺たちは、コケッコーを家畜小屋に収容してから、ゲルに戻ることにした。

――この日の夜。俺とアルティは何の気なしに、星空を眺めながらお喋りを始めた。

「アルティ、今日は楽しかったか？」

「うむっ、とっても楽しかったのだぞ！　我、主様に拾って貰えて、本当に良かったのだ！」

いや、拾った覚えはないけどな。アルティは勝手に、俺たちに付いてきたんだ。

飼い主の責任とか持ち出されても困るので、そこはハッキリさせておこうかと思ったが……、満足げな笑みを浮かべているアルティの横顔を見て、俺は野暮《やぼ》な言葉を引っ込めることにした。その代わりに、細《ささ》やかな応援をしておく。

「それじゃ、明日からも今日みたいな仕事を頼むな。アルティなら、上手いことやっていけるって、信じているからさ」

「うむっ！　……うむ？　仕事？」

「あ、いや、間違えた。遊びだよ、明日からも遊びを頑張ってくれ。……ようこそ、俺たちの牧場へ!!」

俺は油断して、言葉選びを間違えてしまった。けどまあ、アルティは馬鹿だから、適当に誤魔化《ごまか》せるだろうと高を括っていたのだが……。

「…………主様。もしかして、今日の遊びは、全てお仕事だったのではないか？」

長い沈黙の後で、アルティはむっとしながら核心を突いてきた。

「…………チガウヨ。遊びダヨ」

俺も長い沈黙を使って、どうにか誤魔化す方法を考えたが、何も思い付かなかった。

俺に騙されていたアルティは、ぷるぷると肩を震わせて、それから――

「ぬあああああああああっ!!　全然違くないのだッ!!　あれもこれもっ、どう考えても全部仕事だったのだああああああああっ!!　うわああああああああああああんっ!!」

堰《せき》を切ったように、星空を仰いでギャン泣きした。結局、この次の日はアルティを働かせることに失敗したが、俺の挑戦はこれからも続く。

The Record by an Old Guy in the world of Virtual Reality Massively Multiplayer Online
とあるおっさんのVRMMO活動記
1〜27
椎名ほわほわ
Shiina Howahowa
アルファポリス第6回ファンタジー小説大賞読者賞受賞作!!
累計150万部突破の大人気作
(電子含む)
ついにTVアニメ化決定!!!
コミックス1〜10巻好評発売中!
超自由度を誇る新型VRMMO「ワンモア・フリーライフ・オンライン」の世界にログインした、フツーのゲーム好き会社員・田中大地《たなかだいち》。モンスター退治に全力で挑むもよし、気ままに冒険するもよしのその世界で彼が選んだのは、使えないと評判のスキルを究める地味プレイだった!
――冴えないおっさん、VRMMOファンタジーで今日も我が道を行く!
1〜27巻 好評発売中!
各定価：1320円(10%税込) illustration：ヤマーダ
とあるおっさんのVRMMO活動記
椎名ほわほわ
現実じゃ冴えない会社員
でもVRMMOの中では
名うてのスキル職人!?
ネットで人気爆発!
第6回アルファポリスファンタジー小説大賞
読者賞受賞作、待望の書籍化!
とあるおっさんのVRMMO活動記 1
料理生産から冒険までVRMMOで大活躍!!
漫　画：六堂秀哉 B6判
各定価：748円(10%税込)
アルファポリスHPにて大好評連載中!
アルファポリス 漫画
検索

竜大陸から送る、爽快天空ファンタジー！

聖獣を召喚するはずの儀式でちっちゃなトカゲを喚び出してしまった青年、レヴィン。激怒した王様に国を追放された彼がトカゲに導かれ出会ったのは、大陸を背負う超でっかい竜だった!?　どうやらこのトカゲの正体は真っ白な神竜で、竜の背の大陸は彼女の祖国らしい。レヴィンは神竜の頼みですっかり荒れ果てた竜大陸を開拓し、神竜族の都を復興させることに。未知の魔導具で夢のマイホームを建てたり、キュートな聖獣たちに癒されたり――地上と空を自由に駆け、レヴィンの爽快天上ライフが始まる!

◎定価：1320円（10%税込）　◎ISBN978-4-434-31749-1　◎Illustration：saraki

貴族の養子である青年リュークは、神様からギフトを授かる一生に一度の儀式で、「スマホ」というX(エックス)ランクのアイテムを授かる。しかし養父から「それはどうしようもなくダメという意味の『X(バツ)ランク』だ」と言われ、役立たず扱いされた上に勘当されてしまう。だが実はこのスマホ、鑑定、能力コピー、素材複製、装備合成などなど、あらゆることが可能な「エクストラ」ランクの最強ギフトだった……!! Xランクギフトを活かして異世界を自由気ままに冒険する、成り上がりファンタジー、開幕!

●定価:1320円(10%税込) ●ISBN:978-4-434-31643-2 ●Illustration:蓮禾

魔境育ちの全能冒険者《オールラウンダー》は異世界で好き勝手生きる!!
1~2
追い出したクセに戻ってこいだと?
そんなの知るか!!
Author
アノマロカリス
修業ばかりさせられる村を飛び出して、
のびのび暮らそう!!
ミニ竜と遊んだり、美味しい魔物を食べたり、異世界を楽しみ尽くす!!
魔境育ちの全能冒険者は異世界で好き勝手生きる!!
アノマロカリス
見習い聖女をお守りします!!

俺——ユート・ドライグは途方に暮れていた。上級冒険者ギルド『黒の雷霆』で雑用係をしていたのに、任務失敗の責任をなすりつけられ、まさかの解雇。しかも雑魚魔獣イワトカゲの卵が手切れ金代わりだって言うんだからやってられない……そんなやさぐれモードな俺をよそに卵は無事に孵化。赤くて翼があって火を吐く健康なイワトカゲが誕生——
いや、これトカゲじゃないぞ!? ドラゴンだ!
「ロック」と名付けたそのドラゴンは、人懐っこくて怪力で食いしん坊! 最強で最高な相棒と一緒に、俺は夢見ていた冒険者人生を走り出す——!

◆定価:1320円(10%税込)　◆ISBN:978-4-434-31646-3　◆Illustration:有村

この作品に対する皆様のご意見・ご感想をお待ちしております。

おハガキ・お手紙は以下の宛先にお送りください。

【宛先】

〒150-6008 東京都渋谷区恵比寿 4-20-3 恵比寿ガーデンプレイスタワー 8F
（株）アルファポリス　書籍感想係

メールフォームでのご意見・ご感想は右のＱＲコードから、
あるいは以下のワードで検索をかけてください。

アルファポリス　書籍の感想　検索

ご感想はこちらから

本書はWebサイト「アルファポリス」(https://www.alphapolis.co.jp/)に投稿されたものを、改題、改稿、加筆のうえ、書籍化したものです。

ぐ～たら第三王《だいさんおう》子《じ》、牧場《ぼくじょう》でスローライフ始《はじ》めるってよ

雑木林（ぞうきばやし）

2023年　3月　30日初版発行

編集－矢澤達也・芦田尚
編集長－太田鉄平
発行者－梶本雄介
発行所－株式会社アルファポリス
〒150-6008 東京都渋谷区恵比寿4-20-3 恵比寿ガーデンプレイスタワー8F
TEL 03-6277-1601（営業）　03-6277-1602（編集）
URL https://www.alphapolis.co.jp/
発売元－株式会社星雲社（共同出版社・流通責任出版社）
〒112-0005 東京都文京区水道1-3-30
TEL 03-3868-3275
装丁・本文イラスト－ごろー＊
装丁デザイン－AFTERGLOW
印刷－図書印刷株式会社

価格はカバーに表示されてあります。

落丁乱丁の場合はアルファポリスまでご連絡ください。

送料は小社負担でお取り替えします。


ISBN978-4-434-31746-0　C0093